KB262626

어바웃 계당선생

# 어바웃 계당선생

박일충

도서출판 역락

# 머리말

　많은 이들이 그랬겠지만 나도 고교시절에는 장차 소설가가 되어볼까 했다. 학교의 문예지에 수필이나 소설을 발표하면 잘 썼다고 칭찬해주는 선생님들도 계셨다. 그래서 대학을 영문과에 갔지만 막상 졸업하고 진로를 결정해야 할 때가 오니 작가가 된다는 것은 아주 어려운 일같이 생각되었다.

　누가 썼는지는 잊었지만, 작가는 다른 예술가와는 달리 매우 힘들고 구질구질한 작업을 한다는 글을 본 적이 있는데, 창작에 손을 대본 적이 있는 많은 이들은 이 말이 맞다 할 것이다.

　글을 쓰는 일이 그다지 즐겁지는 않다 해도 그럭저럭 견딜만하고 그러다가 익숙해지면서 그것을 직업으로 삼게 되는 이도 있을 것이지만 나의 경우는 남들보다도 글을 쓰는 것이 더 고된 일이었기에 이것도 바랄 수 없는 일일 것 같았다. 그럼에도 작가가 되어야겠다고 그 길로 들어섰다 해도, 즐겁지 못한 작업을 하게 되니 필경 과작(寡作)이었을 것이고 그렇게 된다면 글로 생계를 유지해 나가기도 어려웠을 것이다. 한국전쟁이 막 끝난 50년대에는 글을 써서 먹고살기란 지금보다도 훨씬 어려웠다는 사정도 있었다.

　진정한 작가라면 꼭 쓰고 싶은 것, 쓰지 않고는 배길 수 없는 것이 있어서 자기의 처지가 아무리 어려워도 그런 것을 쓰고 만다고 하지만 나에게는 그런 억누를 수 없는 충동, 작가혼(作家魂)이라고 할 것도 없었다.

　그래서 나는 학교 선생이 되었고 대학에 일자리를 얻고 나서는 오랜 세월 영문학을 가르쳤다. 그리고 그동안 내가 한 일이 있다면 상당수의 영미 작품들을 번역한 것이다. 번역을 하는 동안 사전도 부지런히 또 꼼꼼히 찾았고, 사전으로도 알 수 없는 것들은 미국인을 붙잡고 납득이 갈 때까지 물었다. 또 어떻게 하면 독자들이 잘 알 수 있게 번역할 수 있을까, 원문의 기분에 가깝게 표현할 수 있을까 궁리했고 또 항상 언어에 대해서 강한 관심을 가졌다. 그러니까 나에게 있어서 번역은 하나의 귀중한 문학 수업이었다.

　정년이 되면서 나는 그동안 하지 못한 일들을 해보고 싶어졌는데, 그 첫째가 여행이었고 다음은 글을 쓰는 것이었다. 정년이 되기 전에 시작한 컴퓨터를 더 자주 만지게 되면서 글을 쓰는 것도 옛날에 하고 싶어했던 일이었음을 상기하고, 가벼운 기분의 글을 쓰기 시작했다. 그 후 나는 예전과는 달리 이것저것 세심하게 관찰하는 버릇이 생겼고 요새는 독서할 때나 여행을 할 때 글에 담을 이야깃거리, 거창하게 말하면 영감을 얻었으면 하고 바라게 된다. 정년 후 나는 무료함이란 전혀 모르고 지냈으나 요새는 더 바쁘게 사는 것 같다.

3부로 나눈 이 책의 1부는 나의 에세이들을 모은 것이고 2부는 영어가 들어있는 글들이다. 묘비명의 경우는 주로 비문의 형식과 운율 때문에, 또 '오자의 세계'는 영어 오자들이 중심이 되어있는 내용이어서 영문이 들어있다. 3부에서는 세 편의 문학 작품들을 다루었다. 그 작품들은 독자 여러분도 읽었으면 좋겠다고 생각하는 것들이지만 우리나라에서 번역은 될 것 같지 않기에 요약을 했다. 또 우리말로 번역이 되어있는 『대륙의 딸들』의 경우는 나의 요약이 이 작품에 대한 독서욕을 자극할 것이라고 믿는다.

자기의 글을 광고하는 것 같아서 좀 주저하게 되지만 그동안 적지 않은 이들에게서 재미있다는 인사를 받았고, 그러자 차차 그 말씀들이 반드시 공치사만은 아닌 것같이 여겨지고 마침내는 책으로 만들어도 괜찮겠다고 생각하게 되었다. 지금 이 책을 출판하면서 이것이 주제넘은 환상이요, 욕심이 아니었기를 빈다.

정년을 맞았을 때 섭섭한 느낌의 한편으로는 무거운 짐을 내려놓은 것 같은 느낌을 가졌지만 지금은 이 책을 내면서 다시 그런 홀가분함을 느끼게 된다. 사람의 삶에는 뜻대로 되지 않는 일, 궂은 일이 더 많으나 그래도 내 생애가 비교적 순탄한 것이 되게 해준 아내와 가족들, 그리고 많은 즐거움과 도움을 준 친구들, 나를 아껴준 그 밖의 여러분들에게 진심으로 감사한다.


2004. 4.

박 일 충

# 차 례

삶이 머문 자리

# 뻥땅론

　일요일 날 마누라가 교회에 간 사이 나는 열심히 책장의 책들을 끄집어내어 한 권씩 펼치면서 그 속에 숨겨놓은 수표와 현금을 찾고 있었다. 오래전의 일이라 그것이 얼마였는지는 기억이 나지 않으나 그렇게 혈안이 되어 찾은 것을 보면 지금 돈의 가치로 2백만 원은 되었으리라 생각한다. 며칠 전에 그것들을 기분 좋게 바라보고 나서 어떤 책 속에 넣었는데, 그것이 평소의 구획과는 다른 데 있는 책이었던 모양으로 이미 2백 권은 넘게 뒤졌으나 나오지 않는다.

　하도 정신없이 찾다보니 시간 가는 것도 모르고 있어서 오후 1시에 마누라가 갑자기 방문을 열고 들어왔을 때 나는 소스라치게 놀랐다. 방바닥에는 약 50권의 책이 널려있었다. 작업 시간이 얼마가 걸릴 지 모르는데 서서 작업을 하다가는 곧 허리가 아파오고 피로가 찾아올 것이라 믿고 책장에서 내려놓은 책들이었다. 아내는 평소에 내가 이런 식으로 독서하는 것은 본 적이 없으니 대뜸 눈치를 채고 "당신 또 돈을 찾고 있군요." 했다. 나는 당황한데다 약간의 죄의식 때문에 아부가 섞인 헛

웃음을 치면서 "그래," 하고 자백했다. 이 경우에 아니라고 잡아떼 보았자 이로울 것이 없다는 것을 알고 있었기 때문이다. 내일 내가 직장에 나간 사이, 아내는 여유롭게 "힘쓰고 애씀이 없을지라도 이 샘에 오면…" 하는 따위 찬송가를 흥얼거리면서 책을 뒤지기 시작하고 그러면 또 하나님께서는 계시를 내리시어 쉽게 찾게 해줄 것이고, 그렇게 해서 찾아낸 돈은 얼마가 나에게 돌아올지 알 수 없는 일이었으니 말이다.

그때 아내는 "내가 찾는 것 도울 테니까 찾으면 반은 저 주세요." 한다. 이 말에 나는 "공짜 좋아하긴" 하고 소리를 지를 뻔했지만 위에서 말한 불리한 입장 때문에 화를 꾹 참고 그렇게 하자고 했다. 그리고 그렇게도 나오지 않던 돈이 마누라가 찾으니 10분도 채 안 걸려서 나왔다. 마누라는 헤헤하면서 그 반을 약탈해갔다.

그 후 나는 책의 이름을 잊어버려서 이러한 비극이 일어나는 일이 다시는 없도록 이런 돈은 『생활의 발견』, 『중세의 발견』, 『중국의 발견』 등 제목에 '발견'이라는 단어가 들어있는 책들에 숨겨 넣었다. 그러나 다니엘 부어스틴의 『발견자들(The Discoverers)』은 좀 불길한 느낌이 들어 이용하지 않았다. 발견자는 오직 한 사람, 나여야지 복수가 되면 곤란하지 않는가.

옛날 월급날이면 우리는 이미 마누라 모르게 쓴 돈, 또는 앞으로 삥땅할 돈, 그런 것들을 월급명세표에 한점 부끄러움 없이, 아니 한점 틀림없이 계산해서 적어 넣었다. 많은 동료들이


삶이 머문 자리

경리과에 가서 명세서 용지를 받아와서는, 거기에 여러 가지 계산, 특히 뺄셈을 한 후 숫자를 기입했다. 또 본인 필적으로 쓰면 위조 명세서임이 드러날 염려가 있으니까 기록은 서로 바꾸어서 했다. 그래서 월급날 우리는 산수 실력이 더욱 향상되고 또 동료 간의 정의도 많이 돈독해졌다.

약 30년 전쯤 나는 어떤 전문학교에 재직하고 있었는데 월급날은 수위아저씨들이 사람들의 출입을 철저히 통제해서 외상값을 받으러 오는 사람들은 절대로 들여보내지 않았다. 그 학교에는 앞문과 뒷문이 있어서 외상값 받으러 오는 업소 사람들은 외상값 받아내야 할 사람을 잡는 데 2분의 1의 성공률을 바라보고 한 쪽 문전에서 기다렸다. 근처 중국집에서는 주인의 동생으로 날렵해 보이는 20대 청년이 와서 기다렸고, 'OB HELL'이라는 틀린 철자 간판을 1년이나 걸어놓고 영업하던 지하 맥주홀의 마담도 거기에 있었다. 이날 수금하러 온 사람들은 출입시키지 말라는 엄명은 술꾼으로도 관록이 대단했던 학장이 교직원의 사기를 진작시키기 위해서 직접 내린 것이라는 소문이 돌아 우리는 그를 더욱 존경했다.

어느 월급날 나는 대학 동창 L군의 직장인 Y통신사로 찾아갔다. L군이 일하는 편집국에 들어가려면 항상 수위아저씨의 허락을 받아야 하는데 그 수위아저씨가 여간 권위주의가 아니어서 "당신 이름은 뭐요, L씨와는 어떤 사이요?" 하고 무섭게 굴었고, 내가 세일즈맨이 아닌가 생각하는지 내 낡은 가죽 가


뻥땅론

방을 힐끔힐끔 보았다. 그런데 이날따라 그 수위는 수위실 밖은 내다보지도 않고 뭔가 정신없이 쓰고 있었다. 잘 보니 월급 명세서였다. 나는 아무 말 없이 그가 쓰는 것을 보면서 약 5분을 기다렸다. 그리고 "아, 그 5는 6으로 보이는데요." 하고 훈수를 할까하다가 참았다. 그는 겨우 기입을 끝내고 볼펜을 놓으면서 수위실 밖을 보았고 그제서야 거기에 내가 있는 것을 보곤 히죽 웃었다. 그 웃음에는 '아아, 아까부터 누가 와 있는 것 같더라니. 미안하오' 하는 뜻이 읽혀졌다. 그 후로는 내가 찾아갈 때마다 이 양반은 아무 말도 하지 않고 웃으면서 올라가라고 계단 쪽을 가리켰다.

약 20년 전 봉급자들은 거의 모두가 생활이 어려웠다. 아이들이 대학에라도 다니면 겨우 살림을 꾸려나갔고 신용카드라는 것도 없을 때였으니 돈이 떨어지면 친척이나 친구들에게서 빌리는 수밖에 없었다. 돈이 떨어졌다고 처제한테 빌리러 가는 마누라를 보면서도 나는 책갈피 속의 돈을 내놓으려고 하지 않았다. 그리고 속으로 그 당시의 비양심적인 기업가들을 비난하는 '기업은 망해도 기업가는 산다' 하는 말을 머리에 떠올렸다.

1980년대까지도 모든 버스에는 차장이 있었고 그들 중 어떤 아가씨들은 손님에게서 받은 운임의 일부를 가로채기도 했는데 이것을 '삥땅'이라고 했다. 이 말의 어감이 재미있어서 나와 친구들은 이 말을 애용했다. 요새는 이 말은 쓰지 않는 것 같다. 잘은 모르겠으나 삥땅이라는 말의 쇠퇴는 그 관습 자체의 쇠퇴


삶이 머문 자리

에 기인하는 것은 아닐까. 뇌물을 받는 자들, 횡령을 하는 자들은 지금도 많고 이런 자들은 지금도 삥땅을 할 것이지만 대부분의 봉급자들은 삥땅하기 어려운 시대가 된 지도 오래다. 삥땅의 쇠퇴를 가져온 결정적 전기(轉機)는 아마도 월급을 직장에서 은행에 송금하는 제도의 도입일 게다. 월급이 남편이 아니라 그냥 아내들에게 가게 되니 돈을 만지지 못하는 남편이 월급의 일부를 숨긴다는 것이 어찌 가능하겠는가.

나나 그 통신사 수위아저씨의 경우처럼 찜찜한 구석이 있는 월급 봉투라 할지라도 그것을 집에 가지고 가서 아내에게 넘겨줄 때 가장으로서의 권위와 위엄은 한껏 높아지고 아이들에게도 집안의 수장은 분명히 아버지이며 아버지가 없으면 우리는 이렇게 편안히 살 수 없다는 것을 명백히 인식시켜 주었다. 남편은 묵직한 존재감이 있는 구체적인 존재였다. 그런데 은행에 월급을 보내는 제도가 생긴 후, 아빠는 돈을 번다는 데 어쩐지 그런 것 같지도 않은 희미한 존재, 하숙생 같기도 하고 식객 같기도 한 추상적인 존재가 되어버렸다. 그래서 아이들은 아빠의 말을 잘 듣지 않게 되고 외경(畏敬)의 마음도 잊게 되었다. 가장의 위신을 되찾고, 또 삥땅도 하기 위해서는 지금 남편들은 옛날식으로 '월급은 은행이 아니라 본인에게로!'라는 주장을 내세우고 떨쳐 일어나야 할 것이다. 하지만 그렇게 한다면 세상 마누라들이 코웃음을 치면서 반대할 것이니, 지금의 남편들의 용기나 기개 수준으로는 그런 건 기대하기도 어렵다.

17

삥땅론

책갈피 속에서 불어나는 돈을 보는 것은 인생의 가장 큰 즐거움이다. 그래서 더 불리려 하게 되고 그러다 보면 저축심이 크게 향상된다. 그리고 그 돈은 진짜 반한 애인같이 아름답고 소중하다. 그런 존재를 아끼지 않을 수 없으니 낭비하는 법이 없게 된다. 대부분의 카드 빚 연체자들은 처음에는 이 정도의 액수야 뭐 하고 우습게 알고 돈을 뺀 것이 차차 저도 모르게 버릇이 되고 그 액수는 또 불가사의하다할 만큼 빨리 늘어나고, 그러다 어느 날 이제 큰일났구나 하게 되었을 것이다. 이 사람들이 여축, 즉 삥땅한 것이 있었더라면 처음부터 현금서비스라는 것에는 손도 대지 않았을 것이다. 결국 삥땅 제대로 못한 사람들이 신용불량자가 되는 것이다. 그리고 이 사람들은 한국 정치에도 큰 영향을 주었다. 깐깐한 인상의 이회창 씨는 전혀 '탕감'이라는 이름의 떼먹기 같은 것으로 자기들을 구제해 줄 것 같지 않으니 이들은 그에게 투표하지 않았을 것이다.

또 한 가지 삥땅을 해야 하는 중요한 이유를 든다면, 그것은 사람의 도리를 다하기 위해서이다. 남편은 아내에게 아내는 남편에게 알게 하고 싶지 않은 돈의 용처가 반드시 있기 마련이다. 얼마 전에 친정아버지에게 용돈을 보내드렸는데 어머니가 또 갑자기 병이 드셨단다. 아무리 무던한 남편이라도 지금 말하기는 좀… 하는 마음 착한 아내의 경우라든가, 지난번 중학교 동창 친구가 단란주점에서 한 턱 냈으니 이번에는 내가 한 잔 사야지, 그러자면 50만원은 있어야겠는데… 하룻밤에 그렇


삶이 머문 자리

게 쓴다고 하면 아내는 도저히 이해 못할 것이고 알면 속상해 할 것이다 하는 의리 있고 속 깊은 남편들의 경우도 있다. 이 런 경우 부부가 서로 모름으로써 고통받지 않고 사람의 도리를 다해 나갈 수 있는 것이다.

여기까지 이 글을 읽으신 분들은 당신은 삥땅에 있어서는 제 법 전문가인 것 같은데, 그러면 지금까지 얼마 정도 모았느냐 고 물으실지 모르겠다. 그러나 나는 일종의 취미로 하는 것이 니까 돈을 불리는 데에는 별로 관심이 없었다. 그래서 지금도 그 액수는 얼마 되지 않는다. 또 요새 정치하는 사람들의 말투 를 빈다면 이건 민감한 문제이므로 금액을 밝힌다는 것은 적절 치 않다. 여기서는 그저 수백만 원 된다고만 해두자. 위에서 돈 을 숨기는 책 제목에는 '발견'이 들어간다는 민감한 점을 밝혀 놓고 지금 후회하고 있는 참인데—이번 기회에 코드명을 딴 것 으로 바꿀 생각이다—액수까지 밝힐 수는 없지 않은가.

앞으로 나의 걱정은, 내가 세상을 떠난 후 어떤 도서관 같은 곳에 기증된 나의 장서 중 하나를 누군가가 빌려서 책장을 펼 치다가 이게 무슨 횡재냐, 백만 원짜리 수표가 들어있지 않아 하고 기뻐하는 장면이다. 내가 무슨 로또 같은 도박사업을 시 작한 것도 아니고 또 상금을 내건 적도 없으니 내 돈을 이렇게 이유 없이 가지게 되는 사람이 생긴다면 나는 그를 용납할 수 없다. 내 돈은 많건 적건 마누라나 아이들에게 가야 한다. 그래 서 요새 나는 내 가족이 해독(解讀)에 성공한다면 어느 책 속이라는 것을 알 수 있는 암호 같은 것을 남길 수 없을까 생각하고 있다. 포우의 『딱정벌레(The Gold-Bug)』가 참고가 될 것 같은데 지금 나의 책장에는 보이지 않으니 이 작품을 구해서 잘 연구해 보아야겠다.

# 시오노 나나미의 나폴리의 도둑

　오늘 조선일보에는 로마에 거주하는 한 유학생의 글이 실려 있었다. 그 글을 보면 월드컵 한국·이탈리아 전에서 안정환의 역전 골로 패배한 다음날 그곳 신문들의 머리기사는 '쓰레기 천국 한국', '도둑의 나라'라는 것이었다고 한다.

　화가 나서 못 견디겠다는 것은 이해할 수 있지만, 그렇다고 한국을 '쓰레기 천국'이라니, 이건 전혀 맞지 않는 소리다. 지금 한국의 도시들은 세계의 다른 도시들보다 결코 더 더럽다 할 수는 없다. 또 그들이 한국을 '도둑 천국'이라고 한다면 이건 그야말로 번지수가 틀리는 이야기다. 공인된 그리고 맞는 번지수는 오히려 그 쪽이 아닌가. 세계 여러 나라 사람들에게 '도둑 천국'으로 어느 나라를 떠올리게 되는가 한번 물어보라. 아마 대부분의 사람들은 싱긋이 웃으면서, 또 피해를 본 사람이라면 화난 표정을 지으면서 이탈리아라고 할 것이다.

　유럽 관광을 다녀온 사람들은 거의 모두가, 관광버스가 스위스에서 이탈리아로 들어갈 때 앞 좌석에 앉아있던 가이드가 일어나서 다음과 같이 말하던 일을 기억할 것이다. "이제부터 이

탈리아에 들어갑니다. 여러분도 잘 아시겠지만 이 나라는 도둑
이 많은 나라입니다. 도둑들의 기술도 대단합니다. 그러니 잠시
도 마음을 놓으시면 안됩니다." 그래서 그 후 어떤 관광객들은
도둑이 무서워서 그 유명한 고대 로마의 유적이나 르네상스 시
대의 조각·회화 등을 살펴볼 엄두도 못 내고, 오로지 소지품
을 지키는 데에만 골몰하지만, 그런데도 결국은 도둑들의 그
천재적인 솜씨에 지갑이나 보석이, 핸드백이나 카메라가 마술처
럼 사라지고 마는 것을 경험했을 것이다.

이탈리아인들이 한국을 도둑의 나라 어쩌고 한다는 기사를
보자 머리에 떠오른 것이 시오노 나나미의 「나폴리와 여자와
도둑」이라는 에세이다. 시오노 나나미는 이탈리아인 의사와 결
혼하고 지금까지 30여 년간 로마에 살면서 로마 제국 흥망의 1
천년을 다룬 『로마인의 이야기』(전 15권 중 현재 10권 발간)와 르
네상스 시대의 이탈리아를 다룬 흥미진진한 작품들을 집필한,
한국에도 많은 애독자를 가진 작가이다. 과거의 역사를 다룬
그녀의 작품들은 우리에게 지난날의 이탈리아와 이탈리아인들
에 대한 지식을 얻게 해주지만 또 그녀의 가볍고 유머러스한
에세이들은 현재의 이 나라와 국민에 대해서도 많은 재미있는
사실들을 알게 해준다.

이제 시오노의 도둑 이야기를 시작하자. 이탈리아에서 도둑
의 도시로 제일 유명한 곳은 나폴리이다. 어느 해 여름, 그녀는
친구와 함께 관광객들이 북적대는 로마를 탈출해서 남 이탈리


삶이 머문 자리

아 일주의 자동차 여행을 떠났다. 그리고 1개월 동안 아름다운 백사장을 지나게 되면 거기서 수영을 하고 남 이탈리아 일원에 많은 고대 그리스의 유적을 만나면 그곳에서 하루를 보내고 또 밤에는 그날 우연히 닿게 된 거리의 싼 호텔에 묵는다고 하는, 마음 내키는 대로의 여행을 즐겼다. 이 여행이 끝날 무렵의 어느 날 사레루노를 출발한 그녀들은 저녁 무렵에는 로마에 도착할 예정이었다.

그러니까 고속도로를 그대로 로마로 향해 달려갔더라면 아무 일도 일어나지 않았을 것이다. 그런데 나폴리에 들러 그곳 명물인 피자와 '예수의 눈물'이라는 멋진 이름이 붙은 포도주를 맛보려고 한 것이 화를 불러왔다. 나폴리 시내에 들어가 차를 세우고 나서, 두 사람은 더럽지만 유명한 음식점에서 생 치즈를 가득 뿌린 피자를 먹고 포도주도 마구 마셔댔다. 기분이 좋아지자, '오, 예수님은 무엇을 남기셨는가, 그야 이 미주(美酒)를 남기셨지', '좌우지간 세상에 이다지도 관능적인 맛의 눈물이 또 있을쏘냐'하면서 객쩍은 소리를 늘어놓는다. 그리고는 맛있는 술과 요리에 정신이 붕 뜬 그들은 이제부터 유명한 나폴리의 '도둑 시장'을 구경하러 가기로 했다.

도둑 시장은 멀지 않은 곳에 있었다. 이 도시는 해안에서 점차 높은 언덕을 올라가게 되어있는데, 해안 도로에는 고급 호텔이 늘어섰고, 그 뒤에는 빈민가가 있고, 언덕의 제일 높은 곳에는 고급 주택가가 있다. 도둑 시장은 빈민가의 뒤, 언덕의 중


시오노 나나미의 나폴리의 도둑

간쯤에 있었다. 그곳에 닿자 길 양쪽에 노점들이 줄지어 서서, 외국 담배, 스카치 위스키, 일제 라디오, 카메라 등 온갖 물건들을 팔고 있었다. 그러나 이것들은 대부분 일제도 스코틀랜드제도 아니고 나폴리제들이다. 세계의 모든 상품이 그 수요 가치가 증대했다 하면 그것은 곧 나폴리에서 제조되는 것이다. 한 소년이 병마개를 뺑하고 따고는 "냄새 좀 맡아보세요. 진짜예요." 하고 위스키를 내밀고 사라고 한다. 그녀들은 고소(苦笑)를 금치 못한다.

음식점에 돌아와서 맡긴 차에 다시 올라탄 두 사람은 아직해도 중천에 떠있으니, 또 한 곳 들러보기로 하고, 성 키이라 사원(寺院)의 이름다운 회랑(回廊)을 찾아갔다. 이날 따라 한적해서 사원의 문 앞에 쉽게 주차하고 사원 뒤쪽에 있는 회랑으로 향했다. 물론 차의 문은 잘 잠그고 말이다.

30분도 채 안 되어 밖에 나온 그들은 깜짝 놀란다. 차도, 그 안에 들어있던 짐도 모두 없어지고 만 것이다. 문의 쇠를 잠근 것은 틀림없고 또 그 차에는 핸들을 움직이지 못하게 하는 잠금 장치까지 있었던 것이다. 어떻게 차를 움직인 것일까. 이때 그녀가 느낀 것은 분노라기보다는 이건 정말 기가 막힌 솜씨라는 생각이었다. 그러나 도둑을 칭찬하고만 있을 수도 없는 일이어서 그들은 그 구역 관할 경찰서에 갔다. 물론 잃어버린 물건을 되찾을 수 있으리라고 기대하면서.

담당 형사는 우선 요란스럽게 양손을 벌려 보이면서 동정해


삶이 머문 자리

마지 않는다는 듯이, "참 안 됐습니다"라 하고는 곧 "뭐 이런 일은 하루에 5, 60건은 있습니다"라고 슬픈 소식을 전한다. 그리고 낡은 타자기로 조서(調書) 비슷한 것을 만들기 시작한다. 여권과 현금은 핸드백에 넣어서 가지고 다녔기 때문에 그 이외의 피해를 묻는 것이다. "보석은?", "카메라는?", "라디오는?" 모두 "노"이다.

그녀는 일본인들이 보통 가지고 있는 소지품은 거의 가진 것이 없는지라, 어쩐지 자신이 일본인 같지 않은, 좀 부끄러운 느낌이 든다. 그녀는 비키니가 세 벌, 비치 가운이 두 벌, 여름옷 합계 열 벌쯤 있었다고 말한다. "일본 유카타도 있었어요." 하니까 "유카타란 뭡니까?" 묻는다. 그녀는 귀찮아져서 나비부인이 입었던 것이라고 엉터리 같은 설명을 한다. 역시 오페라의 나라 이탈리아인지라, 그는 "아 그래요." 하면서 '유카타 나비 부인조(調)'라고 타자한다. 그 밖에 조우리(짚 같은 것으로 만든 일본식 샌달) 한 켤레, 수트 케이스 두 개, 화장품 백 등도 있었어요, 이렇게 하면서 초라한 소지품들을 기재한 조서의 작성이 끝난다. 형사는 차는 어디엔가 버려져 있겠지만, 소지품은 아마 찾을 수 없을 것이라고 말하고 그녀를 위로하려는지 나폴리의 도둑은 그야말로 예술적인 기술을 가지고 있다 하면서 다음의 이야기를 시작했다.

제2차세계대전 직후 나폴리 항에 미국 전함이 들어왔다. 승무원들은 모두 상륙했고, 밤에 남아있는 사람들도 함장이 부른다는 연락을 받고 하선해서 즐거운 하룻밤을 보냈다. 그런데 새벽에 항구에 돌아와 보니 이게 어찌 된 일인가. 자기들의 전함이 자취도 없이 사라지고 만 것이다. 아마 어딘가의 만(灣)에 예인되어 은밀하게 해체되어 철판의 산으로 변했을 것이다. 이것은 나폴리의 도둑 사상 찬연히 빛나는 금자탑이란다. 이 밖에도, 호텔의 프런트에서 숙박 수속을 하고 있는 단 2분 동안에 호텔 앞에 세워놓은 쇠가 잠긴 차 안에서 상업용 카메라를 몽땅 도난당한 독일인 카메라맨 이야기 등 형사의 이야기는 끝날 줄 몰랐다. 그녀들은 자기들이 피해자라는 것도 잊고 새삼 나폴리 도둑들의 신기(神技)를 찬탄할밖에 없었던 것이다.

시오노 나나미의 도둑 이야기는 또 다른 에세이 「나폴레타노」(나폴리내기들)에서도 계속된다.

네덜란드를 여행하고 있을 때였다. 암스테르담 근처의 고속도로에 들어가려고 할 때, 앞 쪽 길가에 한 사나이가 가죽 반코트를 잔뜩 들고 서 있었다. 이탈리아에서 왔기 때문에 이다지도 추운 줄을 몰랐던 그녀는 추위를 막을 두터운 옷을 가지고 있지 않아서 여기서 한 벌 살까 생각했다. 그저 이 여행을 하는 동안만 입을 수 있으면 되니까. 차는 로마의 번호였으니까 사나이는 이탈리아어로 말을 걸어온다. 들으니 값도 싼 것 같았다. 색깔이 마음에 드는 것을 입어보았다. 사람들은 이렇게 옷을 입어볼 때 호주머니 속에 손을 넣는 버릇이 있다. 그래서 무의식적으로 호주머니에 양손을 넣었더니 오른손 끝에 뭔가가


삶이 머문 자리

닿지 않는가. 손가락으로 더듬어보니까 그건 시계였다. 이 사나이는 아마 팔목시계를 어쩌다가 이 매물 코트 속에 넣고 잊어버린 모양이다. 그렇다면 반코트의 대금을 물고 나도 시계 값만큼 득을 보는 것이 된다.

그러나 동행한 친구와 이 사나이가 주고받는 대화에서 그가 나폴레타노라는 것을 안 그녀는 더 이상 속지 않았다. 그녀는 코트를 벗고 그에게 되돌려주면서 이탈리아에 오래 살아서 나폴레타노를 잘 안다고 말했다. 그러자 이 사나이는 웃으면서 쾌활하게 실토하기 시작했다.

네덜란드인들은 워낙 노랭이들이니까 코트의 값을 싸게 한다는 정도로는 사지 않는다. 그런데 시계, 그것도 야시장에서 파는 장난감 시계를 호주머니에 넣으면 어이없다할 만큼 잘 팔린다. 이것이 그의 이야기였다.

이건 정말 감탄할 만했다. 네덜란드인의 기질과, 호주머니에 손을 넣는 인간의 습성과, 손가락에 만져질 뿐 장난감 시계라는 것은 알 수 없는 점을 이용한 나폴리식 상법인 것이다. 물론 그걸 산 사람들도 후에 가짜 시계라는 것을 알게 되지만 그렇다고 고소할 수도 없으니까 사기죄도 성립되지 않는다. 그녀와 친구는 이 나폴레타노에게 커피를 대접하고 사업이 번창하기를 빈다 하며 헤어졌다.

시오노 나나미의 다른 책에는 다음과 같은 재담도 있다. 이탈리아는 온난한 기후와 아름다운 자연을 가진 나라다. 언젠가



시오노 나나미의 나폴리의 도둑

천사가 "하나님, 그렇게 이탈리아를 낙원같이 만드신다면 다른
나라들과 비교해서 불공평하지 않습니까?"라고 했다. 그러자 하
나님은 이렇게 말씀하셨다. "염려할 것 없어요. 거기에는 이탈
리아인들을 넣었으니까."



삶이 머문 자리

# 아름다운 사람은 머문 자리도 아름답습니다

안노 미츠마사(安野光雅)는 아름다운 수채화로 유명한 일본의
화가인데 종종 발표하는 에세이들도 아주 재미있다. 최근에는
짧은 글들만을 모아 『마을의 광장』이라는 책을 출판했다. 그
중에 이런 것이 있다.

이탈리아의 고속도로 화장실에서 재미있는 걸 보았다. 하긴 이
런 것을 독일에서도 보았었지만. 그것은 다름 아닌 배출공(排出
孔) 바로 곁에 파리 한 마리가 앉아 있는 소변기이다. 아무나 일
을 보면서 소변을 쏴악 갈겨서 그 파리를 구멍 속에 떨어뜨려 보
려고 한다. 그러나 그 파리는 변기에 단단히 달라붙어 있는 모양
으로 구멍에 흘러 들어가지 않는다. 흘러 들어가게 할 방수량도
그렇게 무진장으로 있는 것이 아니니 그만 체념하고 나오려고 했
더니 곁의 변기에도, 또 그 곁의 변기에도 똑같은 자리에 파리가
앉아 있는 것이 아닌가. 잘 보니까 그것은 잘 프린트된 정밀한 그
림이었다.
변기를 만든 회사의 로고마크도 아닐 것이다. 방수의 명중률을
높이기 위한 심리적인 과녁이 되게 하려는 것이 아니겠는가 생각
한다. 그게 아니라 하더라도 충분히 주의를 집중시키는 과녁의 구

실을 다하고 있는 것이다. 그런데 이상한 것은 이 파리의 그림이
조금도 불결하게 여겨지지 않은 것이었다.

　이 글을 보면 남자들이 그 넓은 과녁도 맞추지 못하고 변기
의 주위를 어지럽히는 일이 동서양 다를 바 없음을 알 수 있고
이 때문에 골머리를 앓고 있는 사람들도 많이 있음을 알 수 있
다. 이용자가 많은 지하철역이나 백화점, 대형 서점의 화장실에
서 청소하고 있는 이들의 표정이 밝지 않아 보일 때가 많은데
그 원인의 하나가 이것이 아닐까. 그러나 이것을 골칫거리로
알고 있는 것은 이런 공중 화장실과 관계 있는 사람들만은 아
닌 것 같다. 최근의 일본 신문에서 보면 남자 아이들 7명 중 1
명이 소변을 볼 때에도 변기에 걸터앉는다고 한다. 이건 엉덩
이가 닿는 부분에 몇 방울 떨어뜨리는 것도 못 참아하는 어머
니들이 아이들을 이렇게 길들인 때문이라는 것이다.
　그러나 생각해보면 이건 보통 문제가 아니다. 앞으로 남자들
이 공중화장실을 이용할 때, 언제나 칸막이를 한 곳을 찾아 들
어가고 또 변기에 걸터앉아야만 한다면 그들은 남성의 성질을
박탈당한 이상한 존재가 되지 않겠는가. 옛날 환관(宦官)들은 기
력이 아주 좋은 젊을 때에는 서서 일을 보았지만 조금만 나이
들면 앉아야만 했다는데 미래의 남성들이 이런 환관같이 되어
버리는 것이 아닌지 모르겠다.
　여성상위라는 말은 이미 진부한 말이 되었고 요새 중국에서


삶이 머문 자리

는 음성양쇠(陰盛陽衰)라는 말이 유행이라지만, 정말 이대로 나가다가는 남성은 정체성을 상실하고 뭐가 뭔지 알 수 없는 이상한 존재가 되어버릴 지도 모른다. 그러지 않아도 여러 가지 스트레스 때문에 풀이 죽고 약해져가고 있는 남성들은 앞으로 닥칠지도 모르는 더 큰 비극을 막기 위해서도 이제 '용변술'을 제대로 터득해야겠다.

남성 소변기 앞에 쓰인 낙서 중의 백미는 '그대가 생각하는 것만큼 그대의 것은 크지 않으니 한 걸음 앞으로'라는 것이라는데 그 낙서를 실제로 본 나의 친구는 바로 그 옆에 기가 죽은 듯 작은 글씨로 '그래 맞아. 옛날에는 컸는데 말야'라는 또 다른 필적의 낙서를 보고는 애처로운 동지애 같은 것을 느꼈다 한다.

위의 것보다 더 웅장하고 낙서 중에서도 최고의 걸작이라는 평을 받는 것은 '그대는 지금 인류의 미래를 잡고 있느니라'하는 것이다. 이 낙서 앞에 서게 될 때 남자들은 '그렇다! 인류의 미래는 그들 여성이 아니라 우리 남자가 쥐고 있지'하고 우쭐해하면서 사명감에 몸을 떨지만(떨면 안돼, 또 몇 방울이 밖으로 떨어졌잖아) 지금 자기가 쥐고 있는 것이 인류뿐만 아니라 남성의 미래이기도 하다는 것을 명심하고 1밀리의 실수도 용납하지 않는 마음가짐이 되어야 한다. 벽에 붙어 버릴 만큼 바짝 다가서서 방사(放射)를 시작하고 그리고는 하와이의 어느 화장실에 있었다고 하는 다음의, 각운도 밟고 있는 시를 읊조리면서 제대

31

로 된 방향으로 가고 있는가 예의 주시해야 할 것이다.

| | |
|---|---|
| Piss Here | 여기에 갈기라 |
| Piss clear | 제대로 갈기라 |
| Shake your spear | 그대의 창을 흔들고 나면 |
| Then disappear Shakespear | 사라지라 셰익스피어 |



삶이 머문 자리

# 할아버지란 호칭

　자기 손자 이외의 사람들에게서 '할아버지'라는 말을 듣고 좋아할 사람은 별로 없을 것이다. 지금까지 자주 들어오다 보니 이제는 체념하게 된 사람들도 여전히 이 호칭을 듣는 것을 달가워하지 않는다. 능률과 활동, 힘을 가치로 아는 사회에서 이미 그런 가치를 상실했음을 의미하는 할아버지라는 말을 되풀이해서 듣는다는 것이 어찌 반가운 일일 수 있겠는가.

　그러면 이 호칭은 언제부터 시작되는가. 나의 경우는 58세경부터 그 불길한 징조가 나타나기 시작했다. 어느 날 건너 집에 사는 청년이 7, 8세쯤 된 아들을 데리고 집을 나오다가 나를 보더니 아이에게 "애, 할아버지께 인사드려야지" 하는 것이었다. 그때까지 그런 호칭은 별로 들어보지 않았으니 그건 내가 잘못들은 것이려니 생각하고, 좀 복잡한 일그러진 미소를 지으면서 그 아이의 인사를 받았다.

　그 후 환갑 나이가 되었을 때 어느 날 이 호칭은 확실하게 나에게 찾아왔다. 출근길에 네거리에서 좌회전 신호가 떨어지자 나도 다른 차들을 따라서 왼쪽으로 달려나갔는데 내가 좀 늦었는지 앞에서 기다리고 있던 교통경찰관이 내 차를 가리키면서 오른쪽 보도 곁에 붙으라고 했다. 그리고 슬금슬금 다가오더니 내 얼굴을 보자 기분 나쁘게 '할배구나, 주제에 운전은 무슨 운전이야' 하듯이 히쭉히쭉 웃으면서 "할아버지, 그렇게 위반하면 어떻게 해요?" 하는 것이었다. 그러자 한국의 공권력에 처음으로 할아버지 소리를 듣게 된 나는 이제 할아버지로서 지위가 굳어지는 것 같은 느낌이 들어 버럭 화를 내면서 "아니, 당신 지금 뭐라고 했소? 할아버지라니 누가 할아버지란 말요!" 하고 소리를 질렀다. 그 고함 소리에 질렸는지 교통경찰관의 얼굴에서는 웃음이 싹 가시더니 "아니 나이가 많아 보여서…" 한다. "나한테는 당신 같은 손자가 없어요.", "보통 나이 많은 사람한테는 우리나라에서는 할아버지라고…" 이렇게 주고받다 보니 이 자리의 당면한 주제가 교통 위반인지 할아버지 여부인지 알 수 없게 되고 말았다. 이때 나의 억울함과 분노가 뿜어내는 독기가 정말 가공할 만한 것이었는지 이 경찰관은 모기 같은 소리로 "조심해주세요. 가십시오." 하고 물러갔다. 나를 무죄 방면한 것을 보면 이 친구 인간 심리에 대해서는 좀 무지했지만 심성은 괜찮았던 것 같기도 하다.

약 5년 전 컴퓨터를 시작하면서 메이커의 무료 교육에 나갔다가 하루만에 그만둔 일이 있다. 강사―지금도 화가 나니 이 여성을 선생님이라고 부르지 않겠다―가 거짓말이 아니라 3분마다 한번씩 "할아버지도 아셨지요? 할아버지도 이대로 했어


삶이 머문 자리

요?” 하는 것이 아주 못마땅해서였다. 곁에 앉은 나이 40쯤 되어 보이는 친구는 나보다도 더 형편없는 것 같아서 나에게가 아니라 이 양반에게 자꾸 물으세요라고 할까 하다가 그만두었는데 그건 잘한 일인 것 같다. 왜냐하면 그렇게 고자질을 해보았자 그 강사는 워낙 맹꽁이인지라 “할아버지 곁의 아저씨도 아셨지요?” 하고 할아버지라는 말을 여전히 외쳐댔을 테니 말이다.

늙었다고 우습게 보는 것은 사람들만이 아니라 물건들까지 그렇다. 지금까지 옆에 있던 책이며 볼펜, 그런 것들이 나를 놀려주기나 하듯 홀연히 사라지는 것이다. 으레 없어졌겠지—있겠지가 아니다—하고 둘러보면 틀림없이 없다. 그래서 이런 물건들을 찾는데 하루의 반을 보내게 된다. 이건 ‘너희 노인들은 할일이 없어 심심할 것이니 이렇게라도 해서 무료함을 잊게 해주려는 것이니라’하는 하나님의 섭리일까.

생각해보면 가장 나이를 의식하게 만드는 곳이 지하철이다. 65세 전까지는 앉아있는 사람들이 자리를 양보해주지 않으면 “그래, 나도 아직은 그다지 늙어 보이지 않는 모양이야.” 하고 좀 기분이 으쓱해지지만 한 15분을 그대로 서서 가게 되면 다리가 아파오고 허리가 쑤셔오고…. 그러면 어느덧 마음속에서 “요새 젊은 놈들이란…” 하는, 고대 이집트 시대부터 있어왔다는 그 젊은 세대에 대한 개탄이 고개를 든다. 요새 차차 자리를 양보해주는 청년들이 줄어드는 것 같지만 그래도 한 일본


할아버지란 호칭

친구는 나에게 "부산의 지하철을 탔더니 젊은 분들이 자리를 양보해 주더군요. 두 번이나 그랬어요. 일본 젊은이들보다 나아요." 하는 것을 보니 아직은 그래도 우리가 나은 모양이다.

지하철 좌석을 보면 무신경한 한두 사람이 자리를 넓게 차지해서 한 줄에 6명만이 앉아있는 경우가 있다. 본래 이 좌석은 7명이 앉게 되어 있는 것이니까 정확히 7명이 앉도록 각자 신경을 써야 할 것이다. 서서 가는 사람들이 좀 좁혀서 앉게 해 달라고 하면 앉아있는 사람이 불쾌해할까봐서 아무 말도 하지 않는 경우가 많으니 앉아있는 쪽에서 조심해야 한다. 지금은 없어진 것 같지만 예전에 일본의 지하철 차량에는 좌석마다 뒤에 '7명이 앉게 되어 있습니다'라는 표지가 붙어있었다. 우리도 7명이 앉는 것이 관습화될 때까지 그런 안내문을 붙이는 것도 좋을 것이다. 현재 서울 6호선 차량은 좌석을 쇠 막대기로 2, 3, 2로 나누어 이 문제를 시원하게 해결했다.

대통령 선거의 이틀 뒤 외출을 했다가 지하철로 귀가한 집사람이 노약자석에 어떤 청년이 앉아서 자고 있는 것을 보고, 한 영감이 무섭게 야단을 치더라고 했다. 나는 그 영감이 그때 이회창 씨의 낙선에 분풀이를 하노라고 그랬을 것이라 생각한다. 요새 노약자석에 앉는 젊은이들이 적어졌는데 그건 그들이 이런 무서운 영감들에게 봉변을 당한 일이 있거나 혹은 그런 장면을 목도한 일이 있기 때문이 아닐까 싶다. 또 서서 가는 사람들도 꽤 있는 찻간에 노약자석이 비어있는 경우도 있는데 이


삶이 머문 자리

렇게 되기까지는 그동안 젊은 친구들이 얼마나 구박을 받았을까 하는 것과, 그동안 기성 세대에 대한 반감은 또 얼마나 쌓였을까하는 생각이 든다. 그러니 다음 선거에서도 나이 많은, 수구반동 골통 세대들이 많이 지지한다는 한나라당은 또 패배할지도 모른다. 그러니까 한나라당 국회의원들은, 특권 의식에 사로잡혀 고급 차만 타고 다니지 말고 가끔은 전철도 타보아야만 젊은이들 표가 달아나는 원인의 일단도 알게 되고 노약자석에 앉은 젊은이들을 추방하는 것을 금지하는 법 같은 것도 만들 수 있지 않겠는가.

탈선을 했다. 할아버지라는 호칭으로 다시 돌아가자. 미국이나 일본에서는 모르는 사람에게 '할아버지'라고 부르지 않는다. 미국에서는 아마 Sir라고 할 것이고 노인이라는 말도 사용을 삼가해서 대통령이 연설할 때에도 노인들을 'senior citizens'라고 한다. 모르는 영감에게 grandpa라고 했다가는 큰일 날 것이다. 일본에서는 나이 많은 사람에게 말을 걸 때, 직접 부르지 않고 '미안합니다(스미마셍)'라 하고, 꼭 불러야 할 경우라면 '어르신(오토시요리노 가타)'이라고 할 것이다. 이런 것을 보면 선진국에서는 노인들이 원하는 바에 대해서 사회가 많이 신경을 써주고 있음을 알 수 있다. 한국도 이제 노인들이 할아버지라고 부르는 것을 달가워하지 않는 심정을 헤아려, 이 말을 호칭으로는 쓰지 않는 것이 좋겠다. 지금 20대, 30대의 젊은이들도 언젠가는 늙게 될 것이고 그때에도 할아버지라는 말이 남아 있어서

37

그들도 무차별적으로 그 말을 듣게 된다면 아마 기분이 좋지
않을 것이다. 그러니 이 호칭은 젊은 세대를 위해서도 빨리 없
애는 것이 좋다.

# 중국의 재미있는 어휘들

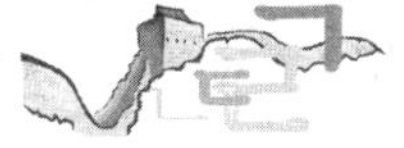

　중국 여행을 할 때의 하나의 재미는 거리의 간판이나 공항, 역 같은 곳의 광고를 보는 것이다. 국학이나 동양학을 연구하는, 한문에 밝은 분들은 더 많은 재미를 발견하겠지만 옛날의 평균적 한자 교육을 받은 나 같은 사람에게도, '아, 이게 그 말이구나', '이게 그 상품의 이름이구나' 참 그럴 듯하게 지었다고 생각되는 어휘들이 많다.

　코카콜라의 중국명 '가구가락(可口可樂)'이 상표명 중의 최고 걸작이라는 것은 주지의 사실이다. 코카콜라가 처음 중국에 들어온 1920년대에는 '구갈구랍(口渴口臘)'이라고 했는데, '갈증이 나면 입에 밀을 넣으라'는 뜻 같아서, 코카콜라가 잘 팔리지 않았다고 한다. 그 후 어떤 미국 상인이 '교랍과두(咬蠟蝌蚪)'라는 이름을 붙였지만 이것도 '밀을 무는 올챙이'의 이미지여서 실패작이었다. 그 후 런던에 사는 장이(蔣彝) 교수라는 시서화문(詩書畵文)에 통달한 사람이 많은 한자를 연구해서 '가구가락(可口可樂)'의 행복한 성공에 도달했다 한다.

　펩시콜라는 코카콜라의 이름에서 可樂를 그대로 사용할 수 있어서 별로 고생하지 않고 현재의 그 이름을 만들어냈을 것이다. 가로되 '백사가락(百事可樂)', 이것 마시면 모든 일이 즐거울 것이리라는 것이니 얼마나 좋은가. 그 후 각지에서 '왕부가락(王府可樂)', '소림가락(少林可樂)', '노산가락(嶗山可樂)' 등 可樂이 속속 등장하게 된다.

요새 중국 도시에는 맥당노(麥當勞) 가게가 많다. 그리고 맥당노에서 백 미터도 가기 전에 지팡이를 짚고 찾아주셔서 행복하다는 듯이 미소짓는 긍덕기(肯德基) 영감의 상점이 있다. 맥도날드 햄버거와 켄터키 프라이드 치킨이다. 샌더즈 대령이 중국에 와서 긍덕기 씨로 둔갑했지만 이 긍덕기라는 이름도 좋다. 세상사를 긍정적으로 보고, 덕이 있는 아저씨같이 생각되지 않는가.

중국은 아직은 일인당국민소득이 1천 달러밖에 안 되는 나라다. 그러나 빈부의 격차가 심해서 연해 지역의 도시에는 부유한 사람들이 무척 많다. 특히 상하이는 고급 아파트며, 외제 고급 승용차며 사람들의 옷차림이 이런 부자들이 참 많다고 느끼게 하는 곳이다. 이곳 유명 백화점과 번화가에는 세계의 명품점들이 들어차 있어 많은 부자 고객들을 맞고 있다.

다음은 이런 백화점들과 그리고 거리의 간판, 광고판 등에서 본 명패(名牌, 브랜드)들이다. 중국어 발음은 잘 모르나 이 한자들을 우리말로 발음해보아도 본래의 상표 발음과 가까운 것이 재미있다.



삶이 머문 자리

| | | | |
|---|---|---|---|
| 全錄 | — Xerox | 惠普 | — Hewlett Packard |
| 佳能 | — Canon | 派克 | — Parker |
| 諾基亞 | — Nokia | 新秀雨 | — Samsonite |
| 西鐵城 | — Citizens | 萬寶龍 | — Mont Blanc |
| 勞力士 | — Rolex | 歐米茄 | — Omega |
| 耐克 | — nike | 路易 威登 | — Louis Vuiton |
| 福特 | — Ford | 尼康 | — Nikon |
| 索尼 | — Sony | 拜耳 | — Bayer |
| 飛利浦 | — Philips | 柯達 | — Kodak |
| 摩托羅拉 | — Motorola | 香奈兒 | — Chanel |
| 三得利 | — Suntory | 輝瑞 | — Pfizer |
| 波音 | — Boeing | 巴寶莉 | — Burberrys |

그 이름을 그대로 한자로 쓰고 있는 삼성(三星)은 세계적인 기업으로 인정을 받고 있고, 특히 삼성의 수기(手機, 휴대 전화기)는 폭발적인 인기를 얻고 있다. 또 상하이에서는, 그 이름을 그대로 영어로 쓰는 LG는 냉기기(冷氣機, 에어컨)의 품질이 탁월해서 세계 어느 회사의 제품보다 많이 팔린다고 한다.

2002년 11월에 일본 신조사에서 출간된 막방부(莫邦富) 저 『중국 '신어' 최전선』에 소개된 신어들은 최근의 중국 사회와 국민 생활을 잘 반영해 주고 있다. 이하 주로 이 책에 나오는 신어들을 살펴보기로 하겠다.

우선 전뇌(電腦, 컴퓨터)의 세계부터 보기로 하자. 경체(硬體), 연체(軟體)는 물론 하드웨어, 소프트웨어를 말한다. 저자가 조어



중국의 재미있는 어휘들

의 걸작이라고 감탄하여 마지않는 것은 '고양이와 쥐'이다. 이 쥐는 물론 마우스이다. 쥐 서(鼠) 자에 활(滑) 자를 붙여서 활서(滑鼠). 고양이는 모뎀을 말한다. 고양이 묘(猫) 자의 발음 '마오'는 모뎀의 발음과 비슷하고, 또 유머가 있고 친근감을 준다. 그래서 문과계의 사람들, 여성들, 노인들에게도 컴퓨터의 세계를 가깝게 느끼게 한다.

컴퓨터 상점이 많이 모여있는 쇼핑센터에 가면 '묘점(猫店)에 가실 분은 다음 코너에서 돌아주시오.'라는 안내문이 있어서 애완동물 상점에 가는 것 같은 착각이 든다한다. 그리고 새로운 모뎀이 나오면 미디어에서는 모사의 제품에 '신묘(新猫)'가 추가되었다고 알려준다. 또 중고 PC를 팔려고 할 때에는 '24k의 노묘(老猫)로군'하는 핀잔을 주면서 값도 얼마 쳐주지 않는다.

일선통(一線通, ISDN)도 명역이다. ISDN은 각종의 통신 서비스를 하나의 회선으로 제공하는 것이니 일선통이 꼭 맞고, 이센통이라는 발음도 영어와 비슷하다.

이렇게 영문의 발음과 비슷하게 중국어로 신어를 만들어내는 것은 의무 교육이 우리만큼은 보급되지 않은 중국에서는 영어 표기에 거부반응을 보이는 사람이 많기 때문이라지만, 이렇게 하면 영어 발음을 그대로 사용하는 우리나라보다는 그 말이 갖는 이미지나 연상 때문에 외우기 쉽고 또 운치가 있어서 좋다.

유행에 민감한 상하이에는 현재 1000곳 이상의 인터넷 카페, 망파(網把)가 성업중이다. 이용료는 1시간에 15元, 드링크류가


삶이 머문 자리

17元, 계 32元, 한국 돈으로는 약 5천원이니 결코 싼 것이 아니다. 망충(網蟲, 네티즌, 충(蟲)은 열중하는 사람이라는 뜻, 이 망충 대신 네티즌을 망민(網民)이라고도 한다)은 이 망파(網把, 인터넷 카페)에 가서 일선통(一線通)을 이용 상망(上網, 인터넷을 이용)하여, 아호중국(雅虎中國, 야후 중국)에 들어가서 관건사(關鍵詞, 키워드)를 입력하여 정보를 수색(搜索, 찾아본다)한다든가 주혈(主頁, 홈페이지)를 즐긴다. 컴퓨터 용어에서 아주 매력 있는 하나의 단어는 흑객(黑客, hacker)이다. 이 친구는 배트맨처럼 몸에 착 달라붙는 검은 옷을 입고 검은 가면을 쓰고 칠흑의 밤에 찾아온다. 또 정말로 매력 있는 말은 이매아(伊妹兒, E-메일)이다. 아름다운 아가씨 같은 이 말로 또 연상하게 되는 것은 미니군(迷你裙)이라는 유머러스한 말이다. 그대(你)를 미혹하는(迷) 치마(裙), 즉 미니스커트이다. 미니스커트의 또 다른 이름, '초단군(超短裙)'은 그 매력이 전혀 이에 미치지 못한다.

다음은 아이들 교육 문제를 보자. 유교의 전통을 가진 중국은 '家'라는 존재가 매우 컸다. 옛날부터 가(家)는 봉건사회의 기초였다. 법도 있고 존경받는 가문에서는 가법(家法), 가풍(家風), 가훈(家訓), 가령(家令, 일가의 사람들이 지켜야 하는 규칙) 등을 중요시하고 그 연장선상에 있는 정훈(庭訓), 가교(家敎, 가정교육을 뜻하는 말)도 소홀히 하지 않았다. 그래서 아이들에게 말하는 법, 인사하는 법, 식사할 때의 자세에 이르기까지 예의범절을 철저히 가르쳤다. 이런 교육을 하지 않는 가정은 주위에서 경멸을



중국의 재미있는 어휘들

받았으니 얼마 전까지만 해도 '몰유가교(沒有家敎)'라 하면 아이와 그 부모에 대한 가장 큰 욕이었고 반대로 '유가교(有家敎)', '가교호(家敎好)'는 최고의 칭찬이었다.

그러나 독자(獨子) 시대를 맞은 현대의 중국에서는 가교가 좋은 가정은 별로 존재하지 않게 되었고 그래서 아이들이 버릇없는 '소황제(小皇帝)'가 되어있는 경우도 비일비재하다.

신문과 인터넷에서는 지금 지긋지긋할 정도로 가교(家敎)라는 말이 많이 나오는 데 이것은 가정교육을 강화하자는 캠페인이 아니라 가정교사의 약자이다. 가정교사는 중국에서, 특히 연해부의 도시에서는 널리 인정된 직업이 되어 있다. 인터넷에 나오는 '무우가교(無憂家敎) 사이트'(당신의 걱정을 해소시켜주는 가정교사 사이트라고나 번역할까)를 보면 3만 명 이상이 등록하고 있으며 또 이런 사이트는 아주 많다. 대학생들도 가교를 많이 하고 있고, 북경대학이나 청화대학, 상해의 복단(復旦)대학, 교통대학의 학생들은 아주 인기가 있다. 또 정년퇴임한 중·고교 선생님들도 어디선가 '가교'를 하고 있다.

사례금은 지방에 따라 다르지만 상하이 같은 곳에서는 소학생의 경우 1과목 1시간에 14원, 중 2까지는 16원, 중 3에서 고 2까지는 18원, 고 3은 24원이다. 외국어의 경우는 이보다 약간 비싸다. 예술류(藝術類)라는 장르도 있어서 회화(繪畵)는 입문 20원, 중급 및 대학입시 전의 지도는 24원, 피아노는 연습의 경우 30~35원, 교수의 경우 보통의 교사라면 45~60원, 음악대학의 교수라면 55~70원이다.

가정에서는 가교에게 주는 사례금은 큰 부담이다. 그러나 망자성룡(望子成龍), 즉 승천하는 용처럼 아이들을 크게 출세시켜야겠다는 부모로서는 일지정종생(一紙定終生, 종이 한 장이 한평생을 결정한다)의 현실은 어쩔 수 없으니 다른 가계는 줄여서라도 이 과외비는 확보하지 않으면 안 된다. 더군다나 학교를 졸업하면 국가에서 직장을 정해주던 제도도 이제 없어졌으니, 명문 대학 나와서 자기가 제값을 올려야 한다. 그러니 일류병은 더욱 심해질 밖에 없다.

요즈음 중국 여행에서 느끼는 것은 한국 여유객(旅遊客)과 중국 여유객이 무척 많아졌다는 것이다. 천하 절경 장가계에 갔을 때 버스(巴士)에서 내리니 사방에서 물건을 파는 사람들이 몰려와서 한국 말로 "천 원, 한국돈 천 원" 한다. 좀 알려진 관광지에서는 한국 말도 한국 돈도 통용되고 있는 것이다. 그런데 그 전날 떠나온, 역사의 고장 서안에서는 그렇게 많던 서양인들, 일본인들은 왜 여기에는 없는지 알 수가 없었다. 이건 지금도 알 수 없는 일이다.

중국 여유객이 많아진 것은 지난 몇 년 사이 아시아 경제 위기의 영향으로 경제가 침체될 기미가 보이자 중국 정부가 경제 활성화를 위해서 대형 연휴에 의한 소비 자극책을 채택했기 때문이다. 그 기점은 2000년 5월초의 황금연휴였다.

정부의 이 시책에 호응하여 중국 국내에서는 지난 몇 년 사


중국의 재미있는 어휘들

이 공전의 여행 붐이 일어났다. 경제적 여유가 생긴 사람들은 이제 근처의 소풍 정도로는 만족하지 않는다. 좀 오래 쉴 수만 있으면 이국 정서가 풍부한 곳, 아름답고 깨끗한 자연 환경이 있는 곳으로 몰려든다. 그래서 연휴의 관광지에는 많은 사람들이 붐비게 되고 호텔도 레스토랑도 초만원을 이루고 항공 회사나 관광버스(旅游巴士) 회사에서는 즐거운 비명을 올리게 되었다.

비즈니스 분야의 사람들은 이것을 '가일경제(假日經濟, 치아리 친치 : 휴일 경제라는 뜻)라 부르고 경기 자극에 가장 효과적인 방책으로 정착시켰다. 그리고 보통 휴일을 가리키는 가일(假日)로는 부족하니 좀더 대형 연휴인 '대가일(大假日)'을 만들자, 또 이름도 '대가일(大假日)'이 아니라 다른 이름을 붙이자는 등 여러 가지 의견들이 나왔다. 학자들과 비즈니스맨들 사이에서 대가일(大假日)을 어떻게 다른 말로 고칠 것인가 토론하고 있는 사이에 민간에서는 이미 '황금주(黃金週, 골든 위크)'라고 부르기 시작했고 지금 황금주는 가일경제(假日經濟)의 효과를 수반하면서 언어 생활에 정착하고 있다.

이번에 찾아간 관광지 중 한 곳의 입구에는 파출소가 있고 거기에는 '파출소열정위유인복무(派出所熱情爲遊人服務 : 관광객을 위해서 열정적으로 복무합니다라는 뜻)'라고 크게 씌어 있었으나 그 안에서는 두 경찰관이 '이렇게 많이 몰려와서야 어떻게 일일이 열정적 봉사를 할 수 있겠느냐'는 듯이 한가한 얼굴로 이야기를 나누고 있었다.



삶이 머문 자리

# 권력자와 지휘관

　진(秦)나라의 천하통일에 내정과 외교면에서 가장 공적이 많았던 것이 이사(李斯)라 한다면 군사면에서의 공신은 왕전(王翦)을 들 수 있을 것이다. 왕전은 매우 신중하고 인내심이 있는 인물이었다.

　장군이 된 후 그는 "나에게는 무안(武安)이라는 본보기가 있다."고 가족들에게 종종 말했다. 무안군은 진의 소왕(昭王)을 섬긴 명장 백기(白起)를 말한다. 백기는 혁혁한 무공을 세운 명장군이었으나 만년에는 졸병으로 강등되고 마침내는 왕명에 의해서 죽음을 맞게 되었다. 실각의 원인은 왕의 의견에 대해서 너무나 솔직히 반대한 것이었다. 전쟁에 대해서 장군이 의견을 말하는 것은 당연한 일이었지만 왕의 의견과 어긋날 때에는 좀 부드럽게 우회적으로 말해야만 했다. 게다가 백기 장군은 자기의 의견이 채용되지 않았기 때문에 조의 한단(邯鄲, 진왕의 고향)이 함락하지 않자, "내 말을 안 듣더니 보라, 지금의 상황을…"이라고 했다. 이것을 전해들은 소왕이 크게 노한 것은 당연하다.

"마음속 생각을 함부로 입 밖에 내서는 안 된다." 왕전에게 있어서는 이 선배 장군의 언행은 반면교사였다.

진왕(후의 진시황)이 한단을 공략하고 조왕 천(遷)을 사로잡고 조 나라를 병합한 것은 즉위 19년의 일이었다. 이때의 총사령관은 왕전으로 1년에 걸친 참을성 있는 공격이 가져온 승리였다. 한(韓)은 이미 2년 전에 멸망했다.

이때 다음은 우리 차례로구나 하고 공포에 떤 것은 당시 북경 일대를 지배하고 있던 연(燕)이었다. 연의 힘은 강대국 진과는 비교가 되지 않았다. 그래서 연의 태자 단(丹)은 진시황을 암살하기 위해서 형가(荊軻)를 진에 보내기로 했다. 진왕을 만나기 위해서는 왕이 좋아할 선물을 가지고 가야 한다. 첫째는 진을 탈출해서 연에 망명하고 있는 진의 장군 번어기(樊於期)의 수급(首級)이요, 둘째는 독항(督亢)의 지도(地圖)였다. 독항은 연의 비옥한 지방이었다. 지도를 헌정한다는 것은 그 토지를 할양한다는 뜻이었다. 번어기는 자기의 목이 도움이 된다면 기꺼이 드리겠다 하고 자결했다.

독항의 지도는 두루마리로 되어 있었고 그 속에 단검이 넣어졌다. 진의 왕궁에서는 왕 이외에는 무기를 가지는 것이 금지되어 있었다.

진시황은 두루마리를 열었고 그 지도가 끝나는 데서 단도가 나왔다. 형가는 재빨리 단도를 잡아 진왕의 소매를 잡고 가슴을 찌르려고 했다. 심장을 찌를 필요는 없었다. 칼끝에는 맹독


삶이 머문 자리

이 묻어있어서 가벼운 상처를 내기만 해도 상대방은 죽었을 테니까.

소매를 잡은 것은 큰 실책이었다. 팔을 잡아야 했던 것이다. 소매가 뜯겨져 나가고 뒤로 물러선 왕은 아슬아슬하게 목숨을 건졌다. 아무도 무기를 갖고 있지 않은 신하들 틈에서 시의(侍醫)가 형가에게 약주머니를 던졌고 그 틈에 시황제는 칼을 뺐다. 형가는 단검을 던졌으나 그것은 빗나가 동(銅)의 기둥에 맞았다. 형가는 그 자리에서 칼을 맞고 죽었다.

격노한 진왕은 왕전에게 연을 토벌케 했다. 진군은 이수(易水)의 서쪽에서 연군을 격파하고 연왕과 태자 단은 요동으로 퇴각하고 진군은 추격하였다. 그런데 왕전은 병에 걸려서 도중에서 귀향했다. 본래 신중한 그는 늙어가면서 더욱 신중해진 것이다. 그 후 연의 잔당을 소탕한 것은 젊은 장군인 이신(李信)이었다.

"이제는 젊은이들의 세상이야!" 왕전은 사람들 앞에서는 그렇게 말했으나 속으로는 요새 젊은 놈들은 전쟁의 무서운 점을 모르고 있어 하고 젊은 장군들을 인정하고 있지 않았다. 강력한 진의 대군단으로 약소국의 군대와 싸워왔기 때문에 젊은 장군들은 싸우면 이기는 것으로만 알고 있었던 것이다.

위(魏), 한(韓), 조(趙)가 멸망하고 연(燕)은 동쪽으로 도망하고 제(齊)도 부진하니 이제 어느 정도의 힘을 가진 강적은 초(楚)만이었다.

진왕은 장군들에게 물었다.

"초를 치는 데는 얼마만한 병력이 필요한가?"

이신은 20만이라 하고 왕전은 60만이라고 했다.

"왕장군도 늙었도다. 저렇게 겁을 먹고 있으니"

진왕은 이렇게 말하고 이신을 총사령관으로 임명하고 초로 진군하게 했다. 그러나 이 군단은 처음에는 대승했으나 뒤가 좋지 않았다. 3일간 밤낮을 가리지 않고 행군을 하고 났을 때 홀연히 나타난 초군의 기습에 7명의 사단장이 전사하는 참패를 당했던 것이다.

진시황은 고향인 빈양(頻陽)에 은퇴하고 있는 왕전을 몸소 찾아가서 다시 군을 지휘해 줄 것을 요청했다. 왕전은 몇 번이나 고사한 후 60만의 병력을 마련해준다면 하고 총사령관직을 수락한다. 진왕은 출정하는 왕전을 멀리까지 전송했다. 그 도중에 왕전은 비옥한 밭, 호화로운 저택, 연못이 있는 정원을 하사하여 달라고 되풀이 졸랐다.

"장군, 가시오. 왜 그렇게 빈곤을 염려하는 거요?"

"장군은 공이 있어도 봉지(封地)는 주어지지 않습니다. 그러니 왕께서 저를 필요로 하고 계신 이 기회에 자손들을 위해서 감히 이렇게 청을 드리는 것입니다."

"하, 하, 하, 생각해보겠소."

왕전은 함곡관(函谷關)에 도착해서도 다섯 번이나 진시황에게 사자를 보내 미전(美田)의 하사를 졸랐다.

"망령이 들어 욕심밖에 남은 게 없군, 이렇게 집요할 수가…"


삶이 머문 자리

측근의 사람들은 이맛살을 찌푸렸다. 그러나 왕전은 믿을 수 있는 사람들에게는 자기의 본심을 다음과 같이 실토했다.

"진왕은 시기심이 많고 좀처럼 사람을 믿지 않는다. 생각해 보라. 지금 나에게는 60만의 병력이 주어져 있다. 이것은 진의 전 군대야. 진왕의 수중은 완전히 비었어. 내게는 반란을 일으키면 성공할 수 있는 힘이 있어. 왕이 나를 의심하기 시작하면 큰일이 아니겠는가. 그래서 치사하게 조르는 것처럼 보이게 하려는 거야. 왕전이라는 놈은 돈과 토지밖에 몰라, 그러니까 진의 영토에 큰 재산을 갖게 되면 그것에 만족해서 역모 같은 것은 안 할 것이라고 생각하게 만들려는 것이야."

왕전은 초와 싸울 때에도 신중했다. 초군이 때때로 도전해와도 그는 성벽 밖으로 출격하지 않았다. 성내에서 병사들은 스포츠를 즐기거나 터키탕에 들어가거나 하면서 휴양의 날만을 보냈다. 그러다가 사병의 원기가 최고조에 달했다고 보았을 때, 도랑의 수문을 여는 것처럼 단번에 출격을 시켰다. 초군은 괴멸하고 일 년 후 초왕도 포로가 되었다. 이렇게 병사들의 원기가 정점에 달했을 때 전투를 시키는 것은 그가 젊었을 때 이미 구상한 병법이었다. 젊은 왕전은 병법광이었다.

젊었을 때 그는 숙부를 따라서 자주 여행을 했다. 숙부는 재목상인으로 언제나 산지에 재목을 사러 출장을 갔다. 어느 날 계곡의 시냇물을 이용하는 재목 운반법을 보고 왕전은 이건 병법에 이용할 수 있겠다고 생각했다. '적은 물도 막으면 불어난다. 불어나면 불어날수록 물살의 힘은 세어진다.’ 그는 이것을 잊지 않았다. 수량이 많지 않은 계곡의 물을 모으려면 참을성이 있어야 한다. 그의 병법은 인내심을 가지고 기다리는 것이었다.

다음은 스탈린과 장군들의 이야기로 옮겨가자. 제2차세계대전 당시 독일이 독소불가침조약을 파기하고 소련에 침공하기 전에 스탈린은 히틀러가 결국은 소련을 공격해 올 것이지만 그 침공은 1942년까지는 없다고 굳게 믿고 있었다. 그는 입버릇처럼 “히틀러와 그의 군부는 바보가 아니야. 소련과 유럽에서의 2정면 작전의 폭거는 감행할 리가 없어.”라 하고 독일과의 개전은 1942년 말이나 중기일 것이라고 말하고 있었다.

그는 병적이라고 할 만큼 독일군 침공을 무서워했고 42년 말까지 침공은 없다고 우긴 것도 실은 자기의 불안감을 떨쳐버리려는 잠재의식이 시킨 일이었다. 처칠이 그 침공 가능성을 재삼 경고하자 ‘곤경에 처한 영국이 독일과 소련을 싸우게 만들려는 도발’이라고 했다. 또 침공이 임박한 1941년 6월 중순 ‘완전 전투 태세’를 건의한 참모총장 주코프에게는 “너는 뭐냐, 나를 협박하러 왔어? 전쟁을 해야 한단 말인가. 설마 너, 훈장이 모자라서 더 높은 것을 노리고 이러는 건 아니겠지?”라고 매도했고. 티모센코원수에게도 “너같이 전쟁을 부추기는 놈은 총살이다.”라고 폭언을 해댔다.

그러나 스탈린의 예측과는 달리 1941년 6월 21일 히틀러는


삶이 머문 자리

국경을 넘어 모스크바, 레닌그라드, 우크라이나, 키카스의 각 방면으로 진격을 개시하고 소련의 공군 기지, 해군 기지에 대해서도 가공할 폭격을 가해왔다. 22일 오후에 크렘린에서 긴급 정치국회의가 열렸을 때 제일 먼저 집무실에 달려온 스탈린은 안색이 창백하고 어찌할 바를 모르는 표정이었다. 그는 그 자리에서 "소련 침공은 히틀러는 모르는 독일 군부의 도발이다." 라고 말을 꺼냈다. 티모센코는 스탈린이 환상에서 깨어나게 하기 위해서 "이미 국지적인 분쟁이 아니라 전 전선에서의 침공입니다." 하고 설득을 하려 했지만 스탈린은 "도발이라 한다면 독일군은 소련에 죄를 뒤집어씌우기 위해서 자기 나라의 도시도 폭격했을 것이다." 하면서 끝내 자기 주장을 굽히려 들지 않았다. 그리고는 다음과 같은 엉뚱한 말을 입 밖에 내는 것이었다.

"히틀러 자신은 틀림없이 이 소련 침공을 모르고 있어."

스탈린의 이 편집증적인 신념과 잔인한 성질을 잘 알고 있는 군지휘관은 독일의 도발 초기 단계에서 스탈린의 눈치를 보다가 엄청난 실책을 범하게 된다. 그 지휘관은 소련 공군의 P V 루이차고프 중장이다. 6월 22일 새벽, 독일 공군은 약 1천 대의 항공기로 소련 서부 군관구의 소련 공군을 철저하게 폭격했다. 그 결과 소련 공군은 개전 첫날 약 1천 2백 대의 항공기를 잃고 괴멸하고 말았다. 이 중 8백 대는 이륙도 못한 채 지상에서 파괴된 것이다.



권력자와 지휘관

이 기습 공격을 받은 루이차고프 공군 중장은 전사상 유례를 찾아볼 수 없는 다음과 같은 청훈(請訓) 전보를 모스크바에 보냈다. "아군 현재 독일군의 공격을 받고 있음. 어떻게 할 것인가?" 하는 것이었다. 이것을 받은 소련방 국방위원회의 지시라는 것도 희한하기 짝이 없는 것이었다. "도발에 말려들지 않도록 하라." 이 우유부단과 책임 회피의 극치라고 할 전보 교환의 결과 소련 공군은 전멸하고 말았다. 그러면 그 후 루이차고프 중장은 책임을 면했느냐 하면 그건 그렇지 않다. 휘하의 소련 공군을 괴멸시킨 책임을 면할 수 없다 해서 그는 사형을 당하고, 휘하 3개 비행 사단 8백 39대 중 6백 54기를 상실한 서부 방면 공군사령관 코베츠 소장도 자결했다. 이런 경우 독재자는 부하를 재빨리 희생양으로 삼는 것이 보통이다.

시기심 많고 사람을 믿지 않는 전제군주 밑에서 살아남기 위해서 왕전 장군은 탐욕스러운 인간을 가장했다. 주위 사람들에게도 자신을 치사하게 보이게 함으로써 그의 명예는 상당히 손상되었을 것이지만 그는 살아남기 위해서는 이 정도의 대가는 치르지 않으면 안 된다고 생각했을 것이다. 이 점에서 그는 지혜롭기도 하려니와 어쩐지 사소한 일에 구애받지 않는 그릇이 큰 인물이었으리라고 생각된다. 또 인간 연구에 기초한 병법과 그의 신중성 등으로 미루어보아 그는 부하들의 희생을 최소한으로 막으려고 애쓴 장군이었을 것이다.

그러면 소련의 장군들은 어떤가? 그들이 그 급박한 상황하에서도 청훈을 한 것은 분명히 어리석고 비겁한 일이었지만, 스탈린이 독선과 아집의 화신이오, 잔인하기 이를 데 없는 폭군이었다는 점을 생각하면 그 장군들에게 일말의 동정을 금할 수 없다.

서해해전의 뉴스를 접했을 때 머리에 떠오른 것이 위의 역사의 삽화들이었다.

6월 29일 우리 경비정들의 경고를 무시하고 NLL(북방한계선)을 넘어온 북 경비정은 느닷없이 기관총으로 총격을 가해오고, 그 후 쌍방간에 포격전이 계속되는 과정에서 우리측은 5명이 전사하고 20명이 부상했으며. 경비정 1척이 침몰했다.

금년 6월에만 북 경비정은 네 번이나 NLL을 침범했고 교전 전 이틀 동안은 잇달아 침범하는 등 도발 징후가 농후했는데도 우리 군은 설마하는 자세로 일관했다. 또 월선한 적함정이 우리 경비정에 기습공격을 가해왔을 때 후방에 배치된 초계함 2척은 북 경비정에 효과적인 공격을 가하지 못했다. 즉, 초계함은 76mm 함포의 유효사거리인 8km을 훨씬 넘은 12~13km 지점에 위치하고 있어서, 발사한 400발의 포탄 중 상당수가 북한 경비정을 명중시킬 수 없었다는 것이다. 또 덕지도 상공에 있던 공군의 KF-16 2대도 북한 경비정을 바라보기만 했다. 뿐만 아니라 우리의 경비정을 침몰시킨 북 경비정이 NLL 북방으로 퇴각할 때 2함대 수뇌부는 어이없게도 사격 중지 명령을 내렸다. 후에 군 당국은 그 이유를 사곶항에 있는 적의 스틱스

미사일 레이더가 가동되는 것을 알고 확전을 우려했기 때문이라고 했지만 이건 참 한심한 이야기다. 그러면 앞으로도 적의 레이더가 가동하는 기미만 보이면 우리는 항상 확전을 우려해서 이렇게 꽁무니를 빼겠다는 것인가. 사태 발생 이전의 안이한 경계태세며 적절치 못하고 상식으로는 생각할 수 없는 작전, 그 후에 나온 정부와 군 당국자들의 변명, 또 김정일은 이 도발을 몰랐을 수도 있다 하는 따위 북을 두둔하는 것 같은 언사 등 이번의 사태는 많은 국민에게 과연 이런 정부와 군에 국토방위의 막중한 임무를 맡길 수 있느냐하는 의구심을 갖게 하였다.

작년 6월, 북한 상선이 우리 해역을 침범했을 때도 군 당국이 보인 태도는 전혀 납득할 수 없는 것이었다. 그런데도 청와대는 군의 대응을 부적절했다고 하지 않았고, 북 상선이 영해를 침범하고 있는 바로 그 시간에 골프를 즐기고 있던 군 수뇌들을 문책하지도 않았다. 이것만으로도 이번의 도발에 대해서 군의 고위당국자들이 어떻게 대처할 것인가는 충분히 예견할 수 있는 일이었다. 소련의 장군들은 그 위급한 순간에 "어찌 하오리까"하고 훈령을 청하는 것으로 후에 자기들에게 돌아올 책임을 모면해보려 했지만 우리의 군 지휘관들은 굳이 훈령을 청할 필요도 없다고 생각했을지 모른다. 대통령의 햇볕정책에 순응해서 또 그것에 금이 가지 않도록 행동하기만 하면, 자기들의 지위는 보전된다고 생각했을 테니까 말이다.


삶이 머문 자리

인간이란 본래 그렇고 그런 존재여서 지휘관이라는 사람들도 서해도발 같은 사태가 벌어지면 살아남기 위한 궁리부터 한다. 왕전 장군도, 소련의 공군 사령관들도 일신의 안전을 도외시할 수 없었다. 우리의 경우도 처음부터 그 군 지휘관들에게 크게 기대할 것도 못되었다. 그래서 무엇보다 중요한 것은 권력자가 현명하고 사심이 없고 올바른 생각을 가지는 것이라는 생각을 안 할 수 없게 된다. 만사가 권력자의 생각에 좌우되니까 말이다. 괘씸죄니 알아서 긴다느니, 복지부동이니 하는 말들로 대표되는 비민주적인 의식이 고질이 되어 있고, 제왕적 대통령이라는 말이 당연한 것처럼 받아들여지는 우리의 정치 풍토에서는 더욱 그렇다.

현재 김대통령의 햇볕정책은 결코 현명한 것이라고는 생각할 수 없다. 이 정책은 이번의 군의 경우에서 보는 것처럼 사회의 여러 분야를 왜곡시키고 있다. 또 대통령은 이 햇볕정책을 자신의 최대의 치적으로 생각하고 있기에 그것을 조금이라도 수정할 생각은 없어 보인다는 것이 우려되는 점이다.

많은 전문가들과 논객들이 정부의 대북정책에 대해서 적절한 비판을 하고 있으므로 나의 의견을 길게 말하는 것은 무의미할 것 같아서 그만두겠다. 다만 지금 꼭 한마디하고 싶은 것은, 우리의 권력자도 지금 스탈린의 그 독선을 닮아가고 있지 않나 하는 것이오, 많은 국민은 과거 어느 때보다 큰 불안감을 안고 살아가고 있다는 것이다.

# 나도 니코틴 왕의 노예였다

　한국금연운동협의회가 2002년 5월 말에 발표한 통계에 따르면 2002년 전반기에 20세 이상 남자의 흡연자는 그 전 해의 69.9%에서 14.9% 감소한 55.1%로 나타났으며 이는 남성 흡연자 추정 인구 1297만 명 중 253만 명이 금연한 것이라고 한다. 그러나 약 한 달 뒤 6월 20일 담배인삼공사가 발표한 통계는 위의 것과는 상당히 다르다. 이에 따르면 5월 중 국산과 외국산을 합한 담배 판매량은 총 78억 2900만 개비로 전 달에 비해 10억 개비 이상 증가했다는 것이다. 이는 금연 열기가 최고조에 달했던 2월의 배 가까이 늘어난 수치이며 또 그 전 해의 월 평균 판매량 82억 4000여 만 개비에 매우 근접한 수치이다. 또 1월부터 5월까지의 누적 판매량 358억 4900만 개비 역시 그 전 해의 같은 기간의 360억 8800만 개비와 별 차이가 없다. 이 통계는 첫 번째 통계에서 금연자가 253만 명(14.9%)에 이른다고 한 것이 과연 맞느냐 하는 의심을 갖게 한다.

　그래서 좀더 금연의 실상을 알 수 있는 통계를 찾아보았더니, 서울시가 11월 7일 발표한 자료에 이런 것이 있었다. '금연



삶이 머문 자리

열풍은, 그러나 5월부터 서서히 사그라져 7월분 담배 소비세는 4백 75억 원으로 증가하다가 이주일 씨가 사망한 8월 이후 다시 4백 50억 원으로 줄어들었다.' 이 자료들로 짐작할 수 있는 것은, 2002년에는 이주일 신드롬으로 대표되는 금연 열기 때문에 여느 해보다는 많은 사람들이 금연에 도전하고 그 중 많은 사람들이 성공했으나 역시 금연은 어려운 것이어서 실패한 사람들도 여전히 많았다는 것이다.

금연에 실패한 많은 분들의 우울한 심정 같은 건 아랑곳하지 않고 국내외의 금연파들의 공세는 나날이 치열의 도를 더해가고 있다. 2003년 초 영국 Sun 지(紙)에는 재미있는 사진이 하나 실렸다. 비틀즈의 앨범 '애비 로드'의 재킷은, 4명의 멤버가 런던의 횡단보도를 건너는 유명한 사진으로 장식되어 있는데 최근에 이 사진이 금연 운동 단체의 압력으로 변조된 것이다. 비틀즈가 해산되기 전해인 1969년에 촬영된 이 사진은 포스터로서도 인기가 있었으며, 이 횡단보도는 그 사진 때문에 런던의 관광 명소가 되었다.

그런데 새로 나온 포스터에는 앞에서부터 세 번째 맨발로 걷는 폴 매카트니의 오른손 인지와 중지 사이에 끼어있던 담배가 없어진 것이다. 이에 대해서 Sun 지는 '팬들이 흉내내면 좋지 않다고 금연파들이 압력을 가해왔기 때문에 미국의 포스터 회사가 컴퓨터 처리로 없애버렸다'고 설명하고 있다. 이건 참 어이가 없는 일이다. 그들 금연파들의 횡포는 이제 역사를 변조


나도 니코틴 왕의 노예였다

하는 데까지 왔다.

금연파의 두목들 중에서 빼놓을 수 없는 사람이 뉴욕 시장 마이클 블룸버그이다. 그는 취임 1년여 만에 뉴욕시의 식당, 술집, 은행, 쇼핑몰, 당구장, 볼링장에서의 흡연을 전면 금지하는 조례개정안을 의회에서 가결시키고 지금 막 시행에 들어가고 있다. 간접 흡연에 의한 건강피해를 강조해온 그는 "이 규제에 의하여 매년 1천 명 정도가 죽지 않게 되었다."고 기염을 토하고 있다.

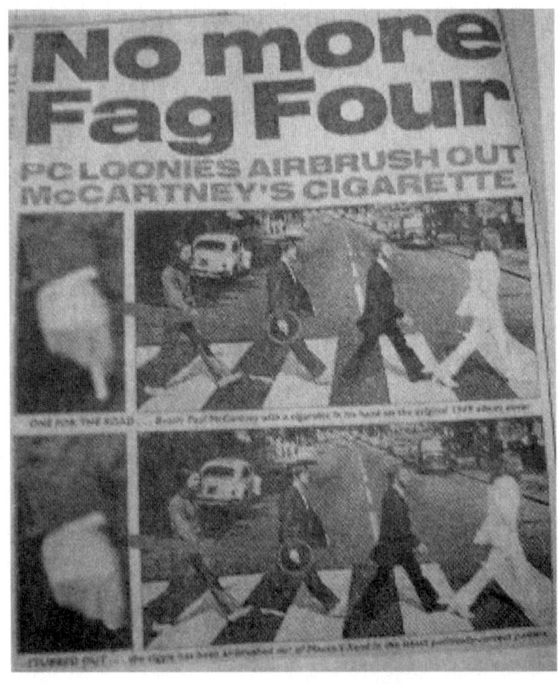


◀ 위가 본래의 사진, 아래가 변조된 사진이다. 앞에서 세 번째 매카트니의 손을 보라. 왼쪽 확대 사진에서 담배가 없어진 것을 알 수 있다.



삶이 머문 자리

2003년 1월 18일에 록 밴드 롤링스톤즈가 뉴욕 시내에서 공연했을 때 멤버 중 2명이 무대 위에서 담배를 피우는 장면이 전국에 생중계되었는데 그것을 본 블룸버그는 '이놈들 가만 두나 봐라'하고 즉각 공연장에 경찰관을 보냈고, 현장에 온 경찰관들은 공연이 끝나기를 기다렸지만 사정을 눈치챈 롤링스톤즈의 멤버들은 공연을 마치자마자 옷도 갈아입지 않고 달아났다고 한다. 구르는 돌이라는 이름처럼 달아나는 데는 소질이 있는 친구들인 것 같다.

블룸버그를 위시해서 세계 도처의 금연파 두목들은 증세(增稅)를 목적으로 해마다 담배 가격을 인상한다. 뉴욕의 담배 가격은 현재 말보로 한 갑에 7.5달러, 우리 돈으로 9천원이다. 선진국은 모두 비싸서 말보로 급의 담배가 런던에서는 9천 5백원, 덴마크와 스웨덴에서도 약 7천원 정도 한다. 그러니까 미국에서는 술집에서 마음에 드는 남자에게 접근해 "담배 한 대 주시겠어요?" 하는 여자들도 없어지고, 또 담배 한 개비만을 담뱃갑에 넣고 나머지는 주머니에 넣고 다니거나 일반 담배를 멘솔(박하향) 담배갑에 넣어 위장하는 방법 등 담배를 빼앗기지 않기 위한 여러 가지 묘수가 등장하고 있다 한다. 어떤 신문기사에서 보면, 품위 있는 옷차림을 한 신사가 전혀 모르는 사람에게 50센트짜리 주화를 내밀면서 "담배 한 개비만 파세요." 하는 궁상스러운 제의도 해온다는 것이다.

흡연 때문에 암에 걸린 사람들에게 거액의 배상금을 지급하라는 판결을 잇달아 받고 있는, 최근에 알트리아 사로 개명된 필립 모리스 사는 그동안 하도 두들겨 맞아서 이제는 머리도 좀 돌았는지 "흡연 때문에 사람들이 빨리 죽게 되므로 흡연은 국가 재정의 코스트 삭감에 이바지한다."는 조사결과라는 것을 발표했다. 그러자 당연히 금연 단체의 빗발치는 항의와 비난을 받게 되고, 결국 흡연에 따르는 심각한 질병에 의해서 이익을 받는 사람은 아무도 없다고 사죄했다.

커트 보네거트의 『제일버드(Jailbird 죄수)』를 예전에 교재로 해서 학생들과 함께 읽은 적이 있다. 이 작품 주인공 월터 스타벅은 작품의 서두에서, 이제 곧 교도소에서 출소하게 되는 죄수로 등장한다. 그는 닉슨 시절의 백악관에서 청소년 문제 담당 특별 고문이라는 어마어마한 자리에 있었으나 사실은 찾아오는 사람 하나 없는 지하 사무실에서 하는 일 없이 담배만 피워대면서 월급을 받았다. 그러다가 워터게이트 사건에 연루되어 이 교도소에서 약 2년간의 형기를 마치고 출소하려 하고 있는 것이다. 그는 64세의 노인으로, 지금 밖에 나간다 해도 따뜻하게 맞아줄 사람 하나 없다. 그는 이렇게 말한다.

"…나는 이렇게 생각했다. '적어도 담배만은 끊었다' 그것은 사실이었다. 이전에는 필터가 없는 폴 몰을 하루에 네 갑이나 피웠던 나는 이미 니코틴 왕의 노예가 아니었다. 나는 곧, 내가 예전에 얼마나 담배를 많이 피웠는가를 새삼 깨닫게 될 것이었다. 지급실에서 나를 기다리고 있는 브룩스 브라더즈의 양복은

62

담뱃불로 생긴 구멍 투성이었으니까. 그러고 보니 바지 가랑이에는 동전 크기만한 구멍이 있었다…”

이 작품을 다룰 무렵, 나는 하루에 한 갑 반이나 피워대는 골초였으니 “담배만은 끊었다.” 하는 말이 아주 부러웠다. 그래서 학생들에게도 그렇게 말하고 다음과 같은 설교를 늘어놓았다. 설교는 훈장들의 제2의 천성이다. 설교 못하는 방학 동안에는 정체성 위기를 겪는 훈장들이 많다.

“나는 40년을 피워왔지만, 담배란 좋을 것이 하나도 없어요. 아직 담배를 피우지 않는 학생은 배우지 않도록 하시오. 또 흡연 기간이 짧을수록 끊기가 쉽다니까 이미 배운 사람들도 끊도록 노력하시오.” 속으로 “이것이야말로 서당 훈장의, 나는 바담 풍 해도 너희들은 바람 풍 해야 한다는 거로구나” 생각하면서 학생들의 반응을 살펴보니까 역시 예상한 대로 감명을 받은 것 같은 표정의 학생은 보이지 않았다. 그때 그들은 아마 “자기는 그 맛있는 것을 40년이나 즐겨왔으면서 시작한 지 3년밖에 안 되는 우리한테는 끊으라고 하네”, “40년을 피워도 아직도 저렇게 건강해 보이니, 담배가 몸에 해롭다는 것은 틀림없이 거짓말일 게다.” 하는 생각을 했을지도 모른다. 내 말에 대해서 그래도 약간 고개를 끄덕여보인 것은 지난 학기 내가 채점을 잘못해서 A학점을 준 C군뿐이었다.

나는 4년 전에 담배를 끊었다. 협심증이 있다고 의사선생이 강력히 금연을 명했기 때문이다. 절체절명의 위기를 맞았으니



나도 니코틴 왕의 노예였다

끊을 수밖에 없었지만 끊는 것이 여간 힘들지 않았다.

나의 금연 방법은 좀 뒤에서 소개하기로 하고 일반적인 금연 방법부터 이야기해보자. 우선 금연을 시작하면 주위 사람들에게 널리 또 요란스럽게 알리라는 것, 또 벽에 '금연'이라든가, '나의 새로운 인생이 밝아온다', '하면 된다, 금연!' 따위 글을 크게 써 붙이라는 것이 있는데, 이렇게 거창하게 광고하고 맹세하게 되면 실패하는 경우 체면이 말씀이 아니니까 끊을 수밖에 없게 될 것이라는 것이다. 말하자면 자기를 궁지에 몰아넣는 방법이다. 그러나 이 방법도 별 무효과인 사람들이 많다. 연례 행사처럼 연초에 '금연'이라고 써 붙였다가는 한 달 후에는 떼는 일을 해마다 되풀이하는 이들은 가족들에게 위신을 잃게 되고 본인은 차차 후안무치한 사람으로 전락하게 되니까 이미 두 번쯤 실패한 이들은 앞으로는 이 방법에 집착하지 않는 것이 좋겠다.

금연에 관한 기사들을 보면, 가장 효과적인 것은 부인이나 자녀들이 격려하고 돕고 또 잘 하는 눈치가 보이면 칭찬해 주는 것이라고 한다. 가령 이런 장면도 상상해 볼 수 있겠다.

"자기 나 담배 피우면 피우지 말라고 해줘. 다정하게 말야."

"알았어 자기! 하지만 꼭 다정하게 해야 돼?"

"그럼, 다정하게 하지 않으면 스트레스 받아서 더 피우게 된단 말야."

"좋아. 그렇게 해줄게. 그 대신 내가 피울 땐 자기가 다정하


삶이 머문 자리

게 피우지 말라고 해야 돼.”

이 두 자기-어느 쪽이 남편이고 어느 쪽이 아내인지는 나도 잘 모르겠다-는 열심히 다정하게 굴어서 꼭 금연해야겠다. 지금 담배 값이 얼만데, 먹물을 뿜어대는 문어들처럼 서로의 얼굴에 마구 연기를 뿜어대서야 언제 부자 아빠가 되겠는가.

40을 넘은 부부라면 이 ‘다정하게’도 그리 쉽지는 않을 것 같다. 본래 감정 표현에 익숙지 못한 한국의 중년 이상의 부부들이 금연 때문이라고 해서 하루아침에 ‘다정하게’가 잘 될 수 있을지 의문이다.

“아니 금연한다 하신 지 벌써 사흘이나 됐는데 하나도 달라진 게 없군요. 오늘은 더 피우시네요. 아이 목이 아파”

“멋대가리 없긴, 그게 다정하게야? 잔소리지.” 결과가 이 정도가 되는 것이 아닐까. 그리고 이 정도에서 끝나는 것이 좋다. 힘도 없으면서 “당신 때문에 금연이 안 된다, 나가라” 따위 말을 했다가는 결과가 우습게 될지도 모르니까. 요새 매 맞는 남편들이 많아져간다는 신문기사도 보지 못했는가.

매일 조금씩 피우는 담배의 양을 줄여나가겠다고 하는 사람들도 있는데 이런 정신 상태로는 금연은 어림도 없다. 금연에 완전히 성공하기까지는 술자리를 피하는 것이 좋다. 뇌에서 술과 담배의 중독과 연관된 부위는 동일해서 술을 마시면 자연히 흡연 욕구도 강해진다는 것이다. 우리나라의 경우 신정에 결심해서 구정에 많은 사람들이 실패하게 되는데 이것은 이때 긴장

65

이 풀리고 친구들과 술을 마셔대고 친구가 "야, 너 금연한다면서? 웃기지 말고, 이것 피워!" 하고 강권하면 에라 모르겠다가 되고 말기 때문이다. 이중 과세의 폐단은 여기에도 있다.

금연보조약이라는 것도 있는데 이것은 담배를 피우지 않고 점막이나 피부에서 니코틴을 흡수하는 '니코틴 대체요법'이라고 하는 것으로 '니코틴 껌'이나 팔 같은데 붙이는 '니코틴 패치'가 대표적인 것이다. 이런 보조약들도 도움은 되겠으나 이것도 모든 사람에게 고루 효과가 있다할 수는 없다.

역시 금연은 강한 의지가 제일이요, 다음은 각자가 자기에게 맞는 방법을 찾는 것이다. 어떤 사람은 금단 증상을 극복하기 위해 금연을 시작해서 3일간 담배 대신 하루종일 칫솔을 물고 있었다고 한다. 꼴은 말씀이 아니었을 게다.

나는 금연초라는 것을 이용했는데 이건 무슨 풀인지 모르겠으나 어쨌든 풀을 종이에 만, 말하자면 가짜 담배를 피우는 것이다. 이것에 불을 붙이면 꼭 시골의 모깃불을 피울 때의 냄새가 난다. 값은 한 개비에 약 천 원! 나는 2백 개비를 피우고 나서도 별로 효과가 없어서 1백 개비 더 피웠다(약 30만원). 그리고 이러고도 실패하면 투자한 돈이 아깝다 하는 생각에서 억지로 성공시켰다. 나의 경우는 의지력의 승리가 아니라 노랭이 정신의 승리다. 끊을 수만 있다면 무슨 승리인들 어떤가.

시작해서 한 달 정도는 금단증상 때문에 괴로웠지만 그 후는 음식도 맛있고 체중이 6킬로나 늘었다. 후각 또한 예민해져서

66

1년쯤 지나니 담배 냄새가 싫어졌다. 그래서 지하철을 타면 담배 피우는 양반이 곁에 앉는 것이 아주 싫다. 이 양반들은 항상 코로 연기를 내뿜는 연습을 하면서 살기에 코의 힘이 여간 좋지 않다. 이런 때 나는 오랜 세월 나도 얼마나 남들에게 불쾌감을 주었을까하는 생각을 하게 된다.

얼마 전까지도 머리 속에 잠재적으로 피우고 싶은 욕망이 있어서인지 다시 내가 담배에 손을 대는 꿈을 가끔 꾸었다. 한번은 이상하게도 그런 꿈속에서, 한 아가씨가 별로 좋아하지도 않는 녀석한테 취중에 처녀를 빼앗기고 나서 술에서 깨었을 때 이런 슬픈 심정이 될 것이라는 생각이 들었고, 다음 순간에는 내가 그 아가씨로 변신하고 그러자 몸 속에 바람이 지나가는 것 같은 쓸쓸하고 허전한 기분이 되는 것이었다. 그때의 심경이 왜 이런 심상풍경(心象風景)을 불러왔는지는 알 수 없다.

금연을 결심한 이들의 성공을 빈다. 또 성공하신 후 나 같은 괴상한 꿈을 꾸는 일도 없기를 빈다.



나도 니코틴 왕의 노예였다

# 어바웃 계당선생

　함경남도의 방언인 '개단 없다'라는 말은 대부분의 사전에는 나와있지 않으나 3권으로 된 두산동아의 『표준 국어대사전』에는 수록되어 있고 그 뜻은 '하는 일이나 행동이 분명하지 않고 우유부단하다'라고 되어 있다. 그러나 이 뜻은 '개단 없다'라는 말의 뉘앙스를 제대로 표현하고 있지 못하다. 이 말에는 사전의 그 의미에 덧붙여 '단정치 못한, 엉성한, 멍청한'과 같은 함축이 있기 때문이다.

　C는 중학교 시절부터 '개단이'라는 별명으로 불려왔다. 50세를 넘어서 중학교 동창들이 모였을 때, 중국문학을 하는 D가 이제 나이도 먹었으니 개단이라는 별명은 좀 곤란하다. 서로 체면도 좀 생각해줘야 하지 않겠느냐 하면서 '계당(啓堂)'으로 개명하자고 제의했다. 계당은 심복(沈復)의 『부생육기(浮生六記)』에 나오는 한 인물의 아호라고 설명했다. 그러자 속물 근성도 좀 있는 C는 계당이라면 자기의 격도 올라갈 것 같아서 이 제의를 속으로 기꺼이 받아들였다.

　이제부터 계당 선생의 행장기(行狀記) 일부를 소개하려 하는

데 그 전에 그에게는 위에 든 개단이의 여러 특징 외에 조급증, 건망증 같은 것도 있다는 것과 또 그의 행동에는 그 특징들이 혼합되어 나타나기도 한다는 것을 미리 말해두자.

우선 계당 선생에게는 남의 신발을 바꾸어 신는 버릇이 있다. 종종 구두 한 짝은 자기 것, 다른 한 짝은 노총각인 아들의 것을 신고 출근하는 바람에 부인과 아들을 속상하게 만들지만, 이건 '차잔 속의 폭풍'이라고나 할 집안의 일이오, 직장에는 비상용 구두도 한 켤레 비치해 놓았으니 큰 탈은 아니다. 그러나 이 사고가 밖에서 일어날 때는 문제는 좀 어려워진다.

어느 날 아침 출근하려고 현관에 나가보니 지금까지 본 적이 없는, 큰 구두가 두 척의 배처럼 놓여있다. 한참 그 신발을 보고나자 그는 어젯밤 한정식 집에서 바꾸어 신고 온 것이라는 것을 알았다. 곧 그 집에 전화를 걸자 주인은 "아, 그 구두 선생님이 신고 가셨군요, 하하하, 선생님이군요. 네, 그 구두 임자가 어젯밤 좀 짜증을 내셨지요, 그 양반 발에 맞는 구두가 집에 있어야지요. 겨우 옆집 주방에 발이 큰 사람이 하나 있어서. 네, 네, 빨리 돌려주세요, 하하하."

계당 선생은 이 주인의 말투와 웃음소리가 좀 못마땅했다. '선생님이 가져갔군요'하는 말을 그렇게 강조하니 이건 마치 상습범처럼 들리지 않는가. 또 신발 하나 찾았다고 그렇게 '하하하'하고 좋아할 건 뭔가. 박물관 국보를 훔친 범인이라도 잡았다는 말인가. 어쨌든 그는 곧 부인과 함께 차를 몰고 가서 구



어바웃 계당선생

두를 돌려주었다. 조금이라도 불안한 일과 마주치게 되면 항상 부인을 동반하는 것이 그의 버릇이다.

한 달쯤 지나서 그 한식집에서 다시 전화가 왔다.

"선생님이세요? 어제 저녁에도 한 켤레 바뀌었는데요. 혹시…"

"아니요, 아니요. 전 아니요"

"신발장 있는 데 가서 한번 확인해봐 주세요. 신발 임자가 그 구두는 발이라고 애착이 대단해서…"

"발이라고요? 그건 또 무슨 소리요? 구두면 구두지 발까지 내가 가지고 온단 말요?"

"그 발이 아니고 구두 명품 '발'이라고 있지 않습니까."

"아아, 발리 말이군. 발리를 발이라고 하니까 무슨 소린지 알 수가 있어야지."

멍청스러움에서 오는 이와 같은 실수를 그는 무수히 해왔지만 대학원 재학 중의 다음의 실수도 잊을 수 없는 것이다.

그 무렵 계당 선생은 미스 박이라는 아가씨를 연모하고 있었는데 그녀의 그에 대한 반응은 그다지 바람직한 것이 못되었다. 크리스마스가 가까워왔을 무렵, 그는 카드에 쓰는 글에 자기 생각만으로는 부족하다 생각하고, 문학 전집이며 시집 등의 도움을 받기로 했다. 그래서 며칠을 두고 그 명작들을 뒤져 감명을 줄 수 있는 문구를 찾아내서 카드에 가득 적었다. 그것을 미스 박에게 주었는데 다음날 그녀는 어제 카드는 '지도교수님에게'라고 적혀있었다고 했다. 그는 크게 당황해 하면서 지도교


삶이 머문 자리

수의 연구실로 달려갔다. "교수님, 어저께 드린 카드 다른 사람에게 가는 것이 아니었습니까?"

지도교수는 의아해하는 표정을 지으면서, "아니야, 틀리지 않았어요." 하더라는 것이다. 글쎄, 왜 그렇게 시치미를 뗐을까. 몇 십 년이 지난 지금도 그는 그 이유를 모르지만, 교수가 "그래 바뀌었어요." 하면 계당 선생이 두고두고 부끄러워 할 것이라고 생각해서였을 것이라고 짐작하고 있다.

그 후 그의 정성과 노력—매력이 아니다—이 주효하여 미스 박과 결혼을 하게 되었다. 주례를 부탁하러 갔을 때 지도교수는 결혼을 축하하면서 신부에 대해서도 물었다. 오래 전부터 알고 지낸 여자로 이름이 아무개라고 했더니, "아, 미스 박이오." 하면서 아는 아가씨인 것처럼 말하고 기뻐하는 표정을 짓는 것이었다. 그 크리스마스 카드는 지도교수에게 갔던 게 틀림없었던 것이다.

그는 지금도 생각하면 얼굴이 화끈해지는 실수가 하나 있다. 약 30년 전, 그는 버스 종점에서 불과 1분의 거리에 살고 있었고 아침마다 이용하는 것은 그 당시에 아주 많았던 마이크로 버스였다. 어느 겨울 날 아침 또 시간이 늦게 되어 헐레벌떡 집에서 달려나온 그는 버스를 타고 앞쪽의 빈자리에 앉았다. 차가 출발하고 언덕바지를 내려오면서 쿵쿵 요동이 심해지자 뭔가가 목 뒤와 어깨를 잡아당기는 것 같기도 하고 치는 것 같기도 했다. 이상하다 하고 손을 목 뒤에 가져갔더니 이게 어찌

71

된 일인가. 오버코트 안쪽에 옷걸이가 있지 않은가. 사람들이 알게 되면 망신이다 하는 생각에 옷걸이를 빼는 일은 잠시 미루고 뒤의 적정(敵情)을 살피기 위해 천천히 그야말로 천천히 고개를 뒤로 돌렸다. 그 순간, 뒷좌석에 매복해 있던 적들이 모두가 참았던 웃음을 와 하고 터뜨리는 것이었다.

벌써 오래 전부터, 아마 30대부터 그는 사람들의 이름을 잘 기억하지 못하고 또 사람의 얼굴을 알아보지 못하는 것 때문에 여러 가지 희비극을 낳아왔다. 사람을 만나서 누군지 알아보지 못할 때는 "안녕하세요? 건강해 보이십니다." 따위 그저 대답이 필요 없는 간단한 인사나 하고 서둘러 헤어지는 것이 좋다. 또 너무 예절 바르게 또 공손한 말을 쓰는 것도 위험하다. 상대가 제자인 경우에는 "하하, 내가 누구인지 모르시는구나. 내가 10년 전에 교수님 과목은 두 과목 모두 A를 받았는데 나 같은 천재도 못 알아보시다니 정말 섭섭하군."과 같이 될지도 모르니까 말이다. 또 "오랜만입니다."라는 말도 좋지 않다. 3일전에 만난 사람인지도 모르지 않는가.

40대 중반쯤 되었을 때, 그는 어느 날 버스 정류장에서 버스를 기다리고 있는데 한 30세쯤 되어 보이는 여성이 다가와서 인사를 했다. 그는 "아, 잘 지내나? 그래 결혼은 했지? 아 그래. 부군은 뭘 하시나?" 여기까지 말했을 때 버스가 와서 그는 "먼저 실례" 하고 버스에 올라탔다.

그날 밤, 중학교 동창 K군에게서 전화가 왔다. "야, 너 참



삶이 머문 자리

이상한 버릇이 붙었더구나. 너 친구 부인한테 반말 쓴다면서? 남편은 또 뭐 하는 사람이냐구. 아 그래, 실수한 건 알아, 네 기억력에 대해서는 모르는 사람이 없으니까. 어쨌든 앞으로는 아무한테도 반말은 쓰지 않는 게 안전할 거야." 이 K군은 40이 다 되어 결혼했고, 부인이 아주 젊다고 해서 친구들의 부러움을 산 친구다. 동창생들 집에 경조사가 있을 때 한두 번 그 부인을 본 적도 있었는데 그런 실수를 저질러 그날 밤 계당 선생은 기분이 울적했다. 그러나 한참 후에는 그다운 회복력, 복원력이 되살아나 "녀석, 그렇게 젊은 여성과 결혼할 건 뭐람. 다른 마누라들처럼 고생 많이 해서 적당히 늙어 보이면 나도 그런 실수는 안 할 것 아니야." 하고 친구를 나무라기 시작하는 것이었다.

60이 가까워오면서 그는 이런 개단이적 특징 외에 비평 정신이 왕성해지고 그 언어가 비분강개조가 되는 일이 잦아졌다. 밤에 자동차를 운전하면서 전조등을 켜는 것을 잊어버리고는 "국산 헤드라이트는 정말 못 쓰겠군. 켜나마나 아냐."라고 불평한다.

신문의 활자가 작아졌는데 이는 신문사에서 종이를 아끼고 인쇄 잉크를 아껴서 돈을 더 벌려고 하기 때문이라 한다. 지면의 활자가 흐릿해서 눈이 침침하다. 이것도 노후한 윤전기나 인쇄기를 바꾸려고 하지 않기 때문이다. 이건 신문이나 잡지에만 국한된 것이 아니고 약품의 사용 설명서, 전자제품의 설명


어바웃 계당선생

서 등 거의 모든 인쇄물이 마찬가지다. 이래서야 불편해서 살 겠는가. 그런데 이런 불편을 호소하는 것은 이상하게도 나이 든 세대의 사람들뿐이오, 젊은 친구들이 이런 불만을 토로하는 것은 들어본 적이 없다. 이 사실은 요새 젊은 사람들이 글이나 독서와는 담을 쌓고 살기 때문이다. 글을 읽으려 하지 않으니 활자가 크건 작건 무슨 상관이겠는가. 또 활자가 그 모양이어서 읽는 것이 짜증나니, 앞으로 독서 인구는 더 줄게 될 것이다. 그 결과로 책을 읽지 않는 무식쟁이들만 늘어갈 테니, 이래서야 어찌 이 나라의 미래가 밝다고 하겠는가, 하고 강개한다.

계당 선생에게는 아주 가까운 K교수라는 동료가 있는데 오늘은 이 양반이 아이삭 아시모프의 책에 실린 유머를 하나 가져왔다.

지금은 고인이 된 MIT의 노버트 위너 교수는 멍청한 것으로 유명했다. 어느 날 그는 길을 가다가 아는 사람을 만나게 되어 한참 동안 이야기를 나누었다. 그러다가 서로 헤어지려고 할 때 위너 교수는 어리둥절해하는 표정을 지으면서 물었다.

"미안하오. 그런데 아까 제가 어느 쪽으로 가고 있던가요?"

"아, 이 쪽이오, 매사추세츠 가(街) 쪽입니다."

"네, 알았어요. 그렇다면 내가 점심식사는 끝냈군."

계당 선생은 크게 웃으면서 "그 양반 정말 형편없군" 했다. K는 이 말을 들으면서 누가 더 형편없는지는 잘 모르겠다고 생각한다.

74

삶이 머문 자리

# 보청기에 대한 불평

충주호 유람선을 타 볼 생각으로 아내와 함께 아침 일찍 집을 나섰다. 택시를 잡고 그다지 멀지 않은 동서울터미널을 향해서 약 1킬로쯤 갔을 때 나는 "아차, 보청기를 두고 왔네." 했다. 그러자 아내는 "어떻게 하지요. 집에 돌아갈까요?" 한다.

"돌아가긴 뭘 돌아가. 당신이 하는 이야기에 들을 게 뭐가 있다구, 다른 여자하고 간다면 또 모를까" 했다. 그러자 앞의 30쯤 되어 보이는 운전기사가 힐끗 뒤돌아보면서 "히, 히, 히이익" 하고 처음에는 웃음소리 같았지만 끝에 가서는 비명 같은 소리를 내는 것이었다. 그는 그런 불손한 말을 한 내가 걱정이 되었는지, 혹은 한 순간 내가 아니라 자기가 그런 말을 하고 또 뒤에 앉아있는 할머니는 자기 아내 같은 착각을 하고 이제부터 벌어질 일에 겁을 집어먹은 것인지도 모른다. 아내는 나의 그런 망언, 폭언에 일일이 신경을 썼더라면 이 나이까지 살수 있었을 것 같으냐 하듯이 남의 일처럼 "그래 다른 여자와 갈 때에는 잊지 마세요." 하고 받아넘긴다. 그러자 운전기사도 이제 마음이 놓이는지 안도하는 표정으로 "두 분 재미있으시네요.” 한다.

다음의 두 인물은 청각에 장애가 있다. 한 사람이 낚싯대를 맨 다른 한 사람을 만나자 묻는다.

“낚시하러 가는 길이야?”

“아니야, 낚시하러 가는 길이야.”

“그래, 나는 또 낚시하러 가는 길인 줄 알았지.”

제법 우스운 이야기지만 최근에 청력이 아주 나빠진 나는 이 두 사람이 이런 말을 주고받을 때 속으로 자기가 동문서답, 딴소리를 하는 것이 아닌가 얼마나 불안해했을까를 잘 안다. 그들 같은 불안감 때문에 사실 나는 요새 사람들이 뭔가를 나에게 물어오는 것이 두렵다. 나의 대답이 맞지 않는 경우가 많(은 것 같)으니 말이다.

커피숍을 경영하는 아주머니, 45세는 넘은 것 같지만 아직도 아름답다. 어느 날 화려한 드레스를 입은 것을 보고 내 눈이 휘둥그레지는 것을 보더니, “베르사체예요. 좀 야해 보이지요? 제 나이엔 어울리지 않게요.” 나는 “예” 한다.

다음은 어쩐지 “예”라고 하면 정답이 아닐 것 같아서 “헬스클럽에 나가서 땀을 많이 흘렸더니 요새는 살도 좀 빠졌어요. 전보다는 좀 말라보이지요?”, “아니, 아니요.” 위의 물음들의 정답이 모두 반대임은 물론이다. 그리고 여성들의 이와 같은 질문에 대해서는 진실은 무엇이든 절대로 답을 틀려서는 안 된다.

친구들이 모이는 자리에선 나는 자위책으로서가 아니라 자연



삶이 머문 자리

히 침묵을 지키는 일이 많아졌다. 무슨 말들을 하고 있는지 모르는데 괜히 끼여들면, 이 친구는 동문서답에 뚱딴지 같은 소리만 하네 치매에 걸렸나, 하는 오해를 받을 염려가 있기 때문이다. 그렇게 말을 안 하다보니 한때 나는 그들에게서 점잖아졌다, 제법 인격자가 되었다는 평을 듣게 되었다. 그건 누가 나에게 모욕적인 말을 했는데 내가 부처님같이 평화로운 표정에 미소만 짓고 있었기 때문이란다.

침묵 이외에 몇 번 해본 방법은 나 혼자만 떠들어대고 남에게 말할 기회를 주지 않는 것이다. 이런 때는 말을 중단하지 않음으로써 상대방이 입을 열지 못하게 한다. 실수로 틈을 주어서 상대방이 말을 하게 된다 해도 말의 내용을 내가 정하고 있으니까 저쪽에서 나올 말은 추측이 가능해서 대개 알아들을 수 있다. 그런데 이 방법은 본래 체력, 정력이 약한 나에게는 여간 고되지 않다는 것이 난점이고 또 혼자만 떠들어대면 동석한 사람들의 미움을 사게 된다는 점 때문에 결국 그만두기로 했다. 식견도 대단치 않은 주제에 화제를 독점하려 하는 인간에 대한 증오는 대단한 것임을 깨달았다.

당신, 자꾸만 잘 들리지 않는다고 넋두리를 늘어놓고 있는데 그러지 말고 보청기 쓰면 되지 않느냐고 하실지도 모르겠다. 그러나 보청기란 별로 도움이 못된다. 보청기는 고장난 라디오처럼 잡음만 많고 주위의 자동차나 중장비의 기계 소리는 엄청나게 크게 들리게 하지만 사람의 음성은 제대로 들리게 해주지



보청기에 대한 불평

않는다. 안경을 쓰면 근시, 원시, 난시 할 것 없이 모두 잘 보이게 되는 것과는 다르다. 그래도 많은 사람들이 보청기라는 것을 구입해서 사용하는 것은, 물에 빠진 사람이 지푸라기라도 잡는 심정으로 상대방이 무슨 말을 하는지 눈치채기 위해서 하나의 단어, 키워드라도 잡아볼까 해서이다. 우리 회사 보청기기가 막히다, 최신 기술이다 하는 광고가 많이 난다는 것 자체가 보청기라는 것이 별 수 없다는 것을 증명하는 것이다. 우리 회사 안경 기가 막히다, 잘 보인다 하는 광고는 세상에 없지 않은가.

이런 주제에 무척 비싸서 귓속에 넣는 디지털 보청기는 3백만 원이나 한다.

약 3개월 전에 나는 보청기를 잃어버렸다가 찾았다. 사실은 그때 보청기에 관한 에세이를 쓰려고 했었는데 생각지 못한 일이 생겨 에세이 내용이 전혀 딴판이 되고 말았다.

그때 그것을 잃었을 때 나는 방안 구석구석을 샅샅이 살펴보고 침대 밑에 머리를 처박고 회중 전등으로 비춰보고, 서랍 속에 있는 것들을 모두 방바닥에 털어보고, 밤에는 자다가도 벌떡 일어나 호주머니 속을 손가락으로 훑어보고 했지만, 아무 소용이 없었다. 그런데 한 일주일쯤 지나서 지하철역 계단을 내려가다가 호주머니 속에 손을 넣는데 이게 어찌된 건가. 손가락 끝에 뭔가가 닿았다. 그때의 그 황홀한 감촉! 그리고 그때 내가 생각한 것은, 그 옷의 호주머니에는 열 번도 더 손을 넣


삶이 머문 자리

어보았지만 분명 아무것도 없었는데 이렇게 홀연히 보청기가 출현하였으니 이건 필시 하나님께서 거기에 넣어주신 게 틀림없다는 것이었다. 바로 그때 이 에세이를 쓰려 했고 그 글 속에는 하나님께서는 의인(義人), 선인에게 베푸시는 섭리가 이다지도 은혜롭고 오묘하다는 내용을 담으려고 했다.

그런데 그 후 보름도 채 되지 않아서 일은 고약하게 되고 말았다. 이번에는 정말로 그 보청기를 잃어버린 것이다. 그래서 그 쓰려던 에세이도 그 고상한 내용을 담을 수 없게 되고 말았다. 화가 나 죽겠는데 그런 고상한 내용의 글이 나올 수 있겠는가. 지금도 그 보청기에 관련해서 하나님과 선인, 의인의 관계를 생각해 보려하면 머리가 혼란스러워져서 뭐라고 했으면 좋을지 통 모르겠다. 이 에세이도 이 부분을 쓰는 것이 제일 어려워서, 몇 번을 고쳐 썼는지 모른다. 그래도 혼란 속의 장고 끝에 얻게 된 결론은 선인이나 의인에게 하나님께서 잃어버린 보청기 돌려주시는 일 따위의 은혜를 베푸실 것은 틀림없는데, 문제는 사람이 과연 하나님이 정한 그 의인, 선인의 기준에 달했느냐 하는 것이다.

얼마 되지 않는 액수지만 마누라는 세계적인 자선 단체에 매월 기부하고 있다. 이건 내가 하는 거나 마찬가지인데, 이 정도 가지고 선인이라고 하기에는 부족한 것 같고, 또 의인에 관한 한 나 자신은 그런 것이 되어볼 기회도 별로 없었다. 의인하면 지금도 머리에 떠오르는, 작년의 그 가짜 의인에 대해서는 친



보청기에 대한 불평

구들과 "그 테이프는 조작한 게 틀림없고, 테이프 조작은 곧 들통이 나게 되어 있어. 내 말이 틀리나 두고보라구. 이런 조작을 하는 자들은 워터게이트에서 아무런 교훈도 얻지 못한 무식쟁이들이야." 하고 비난했는데 가짜 의인을 비난했다 해서 비난한 사람이 자동적으로 의인이 되는 것은 아닐 것이다. 그러니 선인 의인되기에는 나는 역시 자격미달이다. 아무튼 그 의인 이야기는 더 쓰지 않는 게 좋겠다. 전과 7범이라니 형무소 출입은 자유자재인 모양이고, 지금 교도소에 있다해도 잠깐 다녀와야겠다 하고 나와서 나에게 찾아올까 무서워서이다.

그 후 최고품 아닌 것도 2백만 원 가까이 하는 보청기를 또 산다는 것이 억울해서 좀 싸게 사는 방법이 없나 하고 알아보았더니 이비인후과에 가서 검사를 받고 청각 장애가 있다는 판정을 받으면 국가에서 다소간 보청기 구매 보조금이 나온다는 것이었다. 그렇지, 국가가 그 정도의 배려는 해주는 것이 당연하지, 지난번에는 정보력이 약해서 바보처럼 전액을 다 주었구나 생각하면서 병원을 찾았다. 이비인후과에서는 공중전화 부스 같은 곳에 나를 들여보내더니 이제부터 여러 가지 소리를 보내니까, 들릴 때마다 내 손에 쥐어준 리모콘 버튼을 누르라 한다. 삐— 삐— 좀 약하게 삐—, 약하게 붕— 강하게 붕 하는 소리가 들릴 때마다 버튼을 눌렀더니 실망스럽게도 경도난청이라는 판정이 나왔다. 측정을 담당한 레지던트는 난청자로서는 관록이 모자란다고 우습게 보는 투로 그 정도로 구호 대상은 어림도



삶이 머문 자리

없다, 이 부분 잘 들리지 않았으나 구호 대상자가 되려면 앞으로 나이도 귀도 10년은 더 먹어야 될 거라고 하는 것 같았다. 실망을 안고 병원 문 밖을 나오면서 나는 삐- 붕-이 들렸을 때 괜히 버튼을 눌렀다, 들려도 가만히 있을 걸 그랬다, 나는 항상 그 허영심이 문제다 하면서 자신을 나무랐다.

다음에는 보청기 회사로 갔다. 청력 검사 결과 때문에 기분이 언짢은지라 나는 처음부터 시비조가 될밖에 없었다.

"저번에는 정가라고 하는 값 다 드렸는데 이번에는 좀 싸게 해주셔야겠소. 얼마요?"

"특별히 170에 해드리지요."

"도대체 콩알만한 놈이 왜 그렇게 비싸요? 그거 금으로 만들어요, 다이아몬드로 만들어요? 겉은 플라스틱으로 콩같이 만들어가지고 그 속에 칩을 넣었을 뿐인데…" 칩이 뭔지도 모르면서 당신들 만드는 물건 별거 아니라는 것 다 안다 하는 투로 압력을 가했다.

"그 칩이 외국에서 비싸게 수입하는 것이라서 가격이 비싸질 수밖에 없어요. 또 본사에서 만드는 것이고 하니 저희 지사에서 마음대로 가격을 깎을 수도 없구요."

"덩치도, 모양도 그럴 듯하고 부품이 수백 가지나 든 텔레비전도 50만원이면 살 수 있는데 그 콩알만한 보청기 가격이 그렇게 비싸다니 이게 말이 되요?"

"그게 부가가치란 거죠."



보청기에 대한 불평

"뭐라구요? 바가지라구요. 바가지란 건 아는구만. 또 보청기 회사와 정부가 어떻게 짜가지고 이러는지는 모르겠지만 중증이 아니면 구호 대상도 안 된다니 이런 엉터리 복지정책이 어디 있소? 중증이 된 후에 보청기 끼워봤자 무슨 소용이오? 그때 가면 보청기가 아니라 보청기 할아버지를 끼운다 한들 소리가 들리겠느냐 말요?"

"경증도 구호 대상에 넣으면 국가의 부담이 너무 커져서 그렇겠지요."

"아니, 그건 또 무슨 소리요, 국가에서 좀 보조해 준다고 안 사용해도 되는 멀쩡한 사람들이 일부러 그 비싼 보청기를 사서 귀에 끼울 것 같소?"

이 날 나의 주장은 내가 생각하기에도 이로정연(理路整然)했다. 그 사장도 나의 이론에 감명을 받았는지, 아니면 앞으로도 자꾸 잃어버리고는 찾아올, 그래서 놓치고 싶지 않은 봉으로 보았는지 어느 쪽인지는 모르겠으나 잠시 후 음성을 낮추면서 깎아줄 금액을 속삭이듯이 말했다. 나는 난청이 되면서 목소리가 커졌고 그는 또 나 같은 고객들만 상대하니까 큰 소리내는 버릇이 되어서 그가 이때 속삭였다 해도 사실은 남들이 듣기에는 고함을 지르는 걸로 들렸을 것이다. 아무튼 그가 속삭인 값은 깎았다고 할 수도 없는 액수였다. 그리고 그가 다른 사람한테는 말하지 마세요라고 했을 때 옛날부터 속삭임에는 무척 약한 나는 그만 멍청하게 고개를 끄덕이고 말았다.



삶이 머문 자리

내가 이번에 얼마로 샀건 보청기 값은 너무 비싸고, 난청자들은 복지정책의 사각 지대에 놓여있는 것은 사실이다. 그러니 지금 보청기가 필요해도 구입할 엄두도 못내는 사람들이 얼마나 많을까 하는 데 생각이 미쳤다. 그리고 그것은 대부분 노인들이다. 나는 분연히 업자들의 가격 인하와 국가의 실질적인 보조를 얻기 위한 캠페인을 전개해야 한다고 생각했다. 그렇다, 만년에 한 번 사회에 공헌하는 활동을 해야지. 내 사진이 신문에 크게 나고 기자들과 인터뷰하는 장면도 머릿속에 그려보았다. 그리고 잘 하면 '한국 사회 운동사' 같은 책이 있다면 나에 대한 언급이 몇 줄 나올지도 모른다고 생각했다. 이런 생각 때문에 얼마 동안 나는 붕 뜬 정신 상태에 있어서 운동의 구체적인 계획을 짜지 못했다. 좀 지나서 이래서는 안 되겠다 하고 실천 계획을 수립하려고 하였으나 그게 또 잘되지 않았다. 운동권도 한번 못해 보았으니 경험 부족으로 그런 계획이 잘 짜여질 리가 없었다.

그래서 문제가 있을 때마다 내가 상의하는 K선생에게 점심을 사면서 보청기에 관한 캠페인을 하고 싶은데 하고 고견을 청했다. 이분은 함경도 명문중학의 내 2년 선배로 고교 교장으로 정년퇴직을 했지만 지금도 책 많이 읽고 생각도 여간 젊지 않다. 이분의 두뇌의 명석함과 판단의 정확성에 대해서 나는 언제나 감탄해 마지않는 바지만 한 가지 불만은 이분이 나의 면전에서 나를 함부로 망신주는 어휘를 종종 쓴다는 점이다.

83

나의 이야기를 듣고 나자 그는 빙긋이 웃으면서 "생각은 좋소만 우선 그 운동을 적극적으로 추진할 동지들을 어떻게 규합하느냐가 문제요. 그 운동의 잠재적 동지들은 대부분 노인들이고 또 경제적으로 넉넉지 못한 분들일 거요. 종묘 근처에 가면 좀 모을 수 있겠으나 글쎄, 하나의 세를 형성할 정도가 될까? 다행히 동지를 모을 수 있어서 항의집회를 열게 된다 해도 문제는 간단치 않을 것 같소. 구호를 외친다고 해도 모두 귀가 시원치 않으니까 리더가 선창하는 구호도 제대로 따라할 수 있을 것 같지 않고 말이오. 리더가 깃발을 신호로 쓴다? 그래서 빨간 깃발 들면 "타도하자", 노란 깃발 들면 "인하하라"라고 외친다? 또 보통 노동조합에서 투쟁 대회를 할 때에는 머리에 붉은 띠를 두른 애들이 공영 방송의 저질 오락 프로에서처럼 무대 위에 올라가 껑충껑충 춤을 추는 것이 통례이고, 옛날부터 푸닥거리를 해야만 기세가 오르고 신이 나는 민족이니 그런 춤꾼들도 있어야 할 것인데 동지들이 모두 나이가 많은지라 이것도 잘 될 것 같지 않군."

한 가지씩 검토 분석해 나갈수록 막연한 생각이 들어 짜증이 났는지 여기서 또 그분의 나쁜 버릇이 나왔다. "당신 몇 달 조용하더니 또 씽치('등신'을 뜻하는 함경도 방언) 같은 생각을 하고 있군" 이런 말을 들은 것이 한두 번이 아닌데도 이 말을 듣자 나는 마음이 크게 동요해서 잠시 멍해져서, 그 이름을 대면 그가 조건반사처럼 격렬한 반응을 보이는 한 인물의 이름을 불쑥


삶이 머문 자리

입 밖에 내고 말았다.

"종로 ××보청기에 가면 김대중 전 대통령이 그 회사 보청기를 사서 사용한다고 그분의 사진이 걸려있는데 그를 고문으로 추대하고 대회 때는 연단위에 모시면 어떻겠습니까? 그분도 보청기를 쓰니까 동병상련이라고 우리 처지도 이해하고 기부도 좀 해주실지도…" 이 말을 듣자 K선생은 화를 내면서 "또 언디('바보'라는 뜻의 함경도 방언) 같은 소리하네. 그 양반 모시겠다 하면 종묘 근처의 동지들은 대부분 싫다고 달아나버릴 거요. 그가 보청기를 샀다구, 글쎄, 보청기 값은 냈을까? 그와 기업의 관계로 말하면 그는 항상 받는 쪽이었지 주는 쪽은 아니었지 않소. 그가 기부해줄지도 모른다고? 말도 안 되는 소리요. 참, 기부 이야기가 나왔으니 말인데 그 운동의 자금은 어떻게 하겠소? 돈 대줄 기업도 없을 게고…, 당신 사재를 털겠소? 당신한테 무슨 돈이 있다고"

이상과 같은 K선생의 비관적인 견해와, 야단치는 것 같은 어조와, 더군다나 두 번이나 나를 썽치, 언디라고 하는 말을 듣자 나는 풀이 죽었고, 결국 나중에는 도대체 내가 그런 운동 같은 걸 꿈꾼 것 자체가 잘못이었다는 생각과, 마침내는 큰 죄라도 지은 것 같은 기분이 되는 것이었다.



보청기에 대한 불평

# 컴퓨터 공부를 위한 몇 가지 조언

　정년 후의 생활에 취미는 많을수록 좋을 것이라는 생각에서 컴퓨터를 시작한 지 5년이 넘었다. 그동안 아침저녁 컴퓨터를 만지다보니 이제 어느 정도는 할 수 있게 되었다. 나는 컴퓨터를 체계적이거나 이론적으로 공부하지는 못했다. 그러나 기본적인 조작법은 알아야 하니까 책도 좀 사보기는 했지만 책은 생각보다는 도움이 되지 않았던 것 같다. 나의 이해력이 녹슬었기 때문이기도 하겠지만 책을 만든 사람들에게도 책임은 있는 것 같다. 어떤 항목에 들어가서 처음 몇 줄은 조금 알 수 있게 씌어있지만 느닷없이 모르는 용어며 유식하고 난해한 문장이 나오고 그러면 곧 무슨 소린지 알 수 없게 되고 만다. 이건 혹시 컴퓨터가 지금 출판계의 최대의 적이 되어 가는 추세이니 컴퓨터 인구의 증대를 막아야겠다는 출판업자들의 음모가 아닌지 모르겠다.

　컴퓨터 책에 대한 불만은 또 있다. 그 책들은 왜 그다지도 페이지 수가 많고 또 그렇게 무거운가. 대부분이 고급 아트지를 사용해서 페이지 수가 같은 보통 책의 3배는 무게가 더 나



삶이 머문 자리

간다. 이 무게를 생각하면 아찔해져서 책장에 가서 그 책을 빼올 생각을 못하게 된다. 아트지를 사용하는 것은 그림이나 사진을 아름답게 인쇄하기 위한 것이겠지만 반드시 그렇게 천연색 영화 같은 색이 나와야만 할까. 이건 컴퓨터 책이지 미술책은 아니지 않는가. 출판업자들이 독자들이 아트지를 선호해서라고 변명한다면 그리고 그것이 사실이라면 독자들로 좀 반성해야 할 것이다. 엄청난 자원 낭비라는 점을 생각할 필요가 있다.

탈선을 했다. 이제 하려던 이야기로 돌아가자.

나는 처음부터 아주 잘 해야 할 필요까지는 없고 단지 나의 목적에 맞을 정도로만 하면 된다는 생각이었다. 나의 목적이란 컴퓨터에 관한 기사나 제자들의 이야기로는 나도 할 수 있겠다고 생각한 것, 즉 워드프로세서의 사용, 사전 특히 백과사전의 이용 그리고 외국 신문을 읽는 것으로 정했다. 그리고 좀더 할 수 있게 되면서 그 목적에는 E-메일의 이용, 미국과 일본의 온라인 서점에 서적을 주문하는 것, 또 스캐너를 이용해서 서적이나 신문 잡지의 글들을 복사해서 저장하는 일도 포함하게 되었다. 지금 나는 위에 든 것들을 이럭저럭 할 수 있다. 문과 계열의 분들, 즉 교원이나 글을 쓰는 일에 종사하는 분들은 이런 정도만으로도 컴퓨터가 큰 도움이 될 것이다.

여기서 나는 중년 이후의 분들에게도 컴퓨터를 하고 싶은 생각이 있으면 주저하지 말고 시작하라고 말하고 싶다. 지금 내

87

머리에는 50대에 들어선, 이제 머리도 많이 벗어진 관리직 종
사자가 젊은 부하가 한창 바쁘게 컴퓨터로 작업을 하고 있는
것을 뒤에 서서 바라보면서 조금은 부러운 듯한, 그리고 컴퓨
터 못하는 자기 처지가 조금은 슬픈 듯한 표정을 짓고 있는 그
림이 떠오른다. 컴퓨터의 능력이 사람의 가치를 결정하는 것은
결코 아니지만 이것 때문에 콤플렉스를 가지게 된다면 이것도
바람직한 일은 아니다. 컴퓨터를 다루는 솜씨가 귀신 같은-곁
에서 보면 다 그렇게 보인다- 그 젊은 직원이 하는 일을 그라
고 못할 까닭이 없다. 이미 젊지는 않으니 그 부하 직원보다는
노력이 더 들겠지만 그래도 못할 까닭은 없는 것이다.

이런 분들을 위해서 다음에 몇 가지 조언을 적어보겠다.

❶ 애프터 서비스에서 차이가 나니 유명한 메이커의 제품을
사는 것이 좋다. 서비스 기한이 지난 후의 서비스 요금도 큰
회사가 합리적이다. 중고품을 물려받는 것이 반드시 좋은 것은
아니다. 제대로 구입해서 사용해야만 돈이 아까워서라도 기계를
사장하지 않게 될 것이다.

❷ 쉬운 일은 아니지만 아무 때나 물을 수 있는 친구를 두는
것이 좋다. 컴퓨터는 인간의 기억력을 대신해주는 것이지만 또
인간의 기억력이 아니면 작동할 수 없는 것이다. 대단치도 않


삶이 머문 자리

은 조작 수순(手順)을 잊어버려서 앞으로 못 나가는 경우가 많다. 이러한 사소한 것을 잊어버려 공부를 중단한 적이 있다. 이런 때 전화로 물을 수 있는 친구라도 있으면 얼마나 좋겠는가.

❸ 돈이 좀 든다. 가정교수를 받거나 학원에 다니는 비용도 들 것이고, 프로그램에 문제가 생겨서 서비스를 받을 때도 그렇다. 나의 컴퓨터에는 한국어 windows와 일본어 windows를 설치한 두 개의 하드디스크가 들어있기 때문에 트러블이 많고 그래서 남보다 돈이 좀더 들었다. 또 software를 구입하는 데도 비용이 상당히 든다.

❹ 타자 연습을 많이 하자. 컴퓨터의 70%는 타자라고 쓴 기사를 읽은 적이 있고 나도 그렇다고 생각한다. 좋은 연습 프로그램도 있으니 이것을 사용해서 타자에 숙달하도록 함이 좋을 것이다.

❺ 외국의 상업 사이트와 신용카드로 결제하는 거래에는 신중을 기해야 한다. 나는 1997년에 미국의 한 신문의 전자판을 유료로 구독한 적이 있었는데 IMF 이후 환율이 2배가 되는 바람에 매월 35달러를 지불하는 것이 부담스러워져서 구독을 끊기로 하고 그 절차를 밟았다. 그런데 이게 웬일인가. 3개월 후 자기들의 사무 착오로 3개월간 구독료를 받지 못했으니 지금



컴퓨터 공부를 위한 몇 가지 조언

결제를 한다는 E-메일이 왔다. 나는 해약하겠다고 한 날짜도 알고 있어서 제대로 조사해보라는 E-메일을 보냈더니 2주 후에 나의 말이 맞는다는 회답이 왔다. 앞으로도 이 상태가 계속되면 어쩌나 하고 그 2주 동안 나는 두 번이나 회답을 채근하는 E-메일을 보냈다. 이런 경우 회답을 빨리 하지 않는 것은 오래 끌면 고객 쪽에서 귀찮아져서, 또 영어로 글쓰는 것이 벅차서, 그냥 구독을 계속하는 경우도 있고 그래서 심보가 고약한 회사에서는 이 점을 노린다는 것이다. 특히 포르노 사이트의 경우 이런 일이 자주 일어난다고 한다. 처음에 그들이 제시하는 이용 약관에는 깨알만한 글씨로, '끊을 때는 1개월 이전에 구독 중지 의사를 통고해야 한다'는 것이 있는데 고객은 그것이 1개월만 보면 된다는 말인 줄 알고 가입 신청을 하는 일도 있다는 것이다. 그런 부당한 요금을 청구하는 회사가 한국에 있다면 강력하게 항의하고 싸우기라도 하겠지만 미국에 있다면 어떻게 하겠는가. 국제 전화로 싸울 만한 영어 실력이 있느냐가 문제이고 상대방은 대개 질이 좋지 않은 인간일 것이니 싸우는 것도 여간 힘들지 않을 것이다. 또 이런 업체는 전화번호니, E-메일 주소도 밝히지 않는 경우가 많다. 억울한 피해를 입게 될 때는 빨리 카드회사에 알려서, 거래를 끊겠다는 의사를 상대방에게 명백히 전달해 달라고 해야 한다.

⑥ 미국의 The New York Times와 일본의 산케이 신문은

인터넷으로 지면을 그대로 볼 수 있다. New York Times는 1부는 65센트, 7일 4주 구독료는 26달러 80센트이고 산케이는 월 약 2천엔 정도이다. 신용 카드로 결제할 수 있다. 홈페이지(www.nytimes.com와 www.sankei.co.jp)에 들어가서 소정의 절차를 밟아 구독을 신청한다. 다만 두 신문 모두 필요한 부분을 저장할 수 없는 것이 결점이다. The New York Times는 인쇄도 할 수 없다.

❼ 조작 방법, 수순을 배우면 반드시 노트북에 그것을 꼼꼼하게 기록해 두자. 사람의 기억력이란 워낙 믿을 게 못되니까, 이미 완전히 터득했다고 생각한 것도 생각이 나지 않는 경우가 많다. 기록한 것들의 목차도 만들어서 쉽게 찾을 수 있게 해야 한다.

❽ 나는 일본의 EmEditor v3라는 한국어판 에디터를 이용하고 있는데 이것에는 한 파일 내의 모든 문서들 속에서 특정 단어를 검색해주는 기능이 있다. 가령 김아무개를 찾아 달라고 하면 한 파일 내의 모든 문서의, 모든 문장을 찾아서 단어를 표시해주는 것이다. 유료로 다운로드를 받아야 하지만 좋은 프로그램이어서 소개한다. 여기서 중요한 조언 하나, 문서를 저장하는 경우 그 출처도 잊지 말고 입력해야 한다. 출처가 없으면 그 문서는 인용할 수 없는 경우가 많고, 다시 그 출처를 찾아



컴퓨터 공부를 위한 몇 가지 조언

내기란 결코 쉬운 일이 아니다. 이것은 아무리 강조해도 지나치다 할 수 없는 점이다.

❾ 나의 경우 홈페이지를 만드는 것은 생각보다 어려웠다. 그러나 홈페이지를 공부하는 동안에 내가 그동안 엉성하게 알고 있었던 것들, 응당 알고 있어야 하는데 그렇지 못한 것들을 많이 알 수 있게 되었다. 그리고 초보자가 일찌감치 홈페이지에 도전하는 것도 컴퓨터 공부에는 좋겠다는 생각이 들었다. 구청에서 개설하고 있는 홈페이지 교실에 한 달 동안 다니면서 tag를 배웠는데, 강사님들도 성의 있게 잘 가르쳐주었다. 평일의 낮에 시간을 낼 수 있는 분들은 이용해 봄직하다. 그때 수강료는 1개월에 1만 5천 원이었다.


삶이 머문 자리

# 아부와 칭찬

　공자는 발라 맞추는 말과 알랑거리는 태도는 최고의 도덕인 인(仁)과는 거리가 멀다 하여 아부를 경계하라 했다. 그러나 인생 경험을 많이 쌓은 사람들은 이 문제가 그렇게 간단한 것은 아니라고 생각한다. 사실 우리 자신의 마음속을 살펴보면 남들이 우리 앞에서 좋게 말해주는 것이 결코 싫지 않다는 것을 인정할 것이다. 이런 칭찬의 말은 우리의 장점을 확인시켜주고, 또 근거 없는 칭찬이라 해도 그것은 우리 자신에 대해서 기분 좋은 환상을 갖게 해준다. 상대방이 하는 말이 아부에 불과하다고 냉정하게 판단할 수 있는 사람도 '우리를 상대방이 비위를 맞출 만한 가치가 있는 사람이라고 인정하고 있다(버너드 쇼)'는 점 때문에 기분이 나쁘지는 않을 것이다.

　영어 사전 편찬자, 시인, 문학비평가로서 18세기 런던 문단의 명물이었던 새뮤얼 존슨은 보즈웰이 쓴 『존슨 전』 때문에 후세에도 명성을 이어오고 있는데 그는 아첨에 대해서 다음과 같이 쓰고 있다. 이것을 읽는 당신이 인생에 대해서 좀 아는 사람이라면 아마 "그런 것 같기도 하군" 하고 빙긋이 웃을 것이다.

"자네는 6펜스의 가치를 가진 것에 1실링어치의 아첨을 해서는 안 된다. 그러나 거꾸로 불과 6펜스분의 아첨으로 1실링어치를 얻을 수 있다면 아첨을 하지 않는다는 것은 바보짓이지."

센케비치의 『쿠오 바디스』에는 로마의 황제 네로와 그의 총신 페트로니우스가 등장하는 다음 장면이 나온다. 페트로니우스는 귀족이며 매우 현명한 신하요, 또 예술 감정가로 네로는 항상 그의 평가에 신경을 쓰고 있다. 이 날도 네로는 파티를 열고 자작(自作)의, 트로이의 노래를 낭송했다. 그것이 끝나고 주위의 찬탄 소리가 가라앉자 페트로니우스는 황제의 눈짓을 받고 대답했다. "아무 가치 없는 시입니다. 불에 태워버릴 수밖에 없습니다." 그 자리에 참석한 사람들은 공포 때문에 심장이 멎는 것 같았다. 네로는 어릴 때부터 누구에게서도 이런 무례한 말은 들어본 적이 없었다. 비니키우스는 얼굴이 새파랗게 질려서 한 번도 취한 적이 없는 페트로니우스가 이번에는 취한 것이라고 생각했다.

네로는 응석을 부리는 듯한 음성으로 물었지만 그 소리가 떨리는 것을 보면 그의 자존심이 몹시 상한 것은 명백했다. "이 시의 어디가 좋지 않다는 건가?" 페트로니우스는 태연하게 다음과 같이 말했다.

"이 사람들의 말을 믿지 마십시오. 이 사람들은 아무 것도 모릅니다. 어제(御製)에 어떤 결점이 있느냐고 하문하셨습니다만 거짓 없이 말하라고 하신다면 정직하게 말씀드리겠습니다. 이



삶이 머문 자리

작품이 버질이나 오비드가 쓴 것이라면, 아니 호머가 쓴 것이라해도 훌륭한, 가치 있는 것이라고 할 수 있을 것입니다. 그러나 폐하의 작품으로서는 결코 가작이 아닙니다. 폐하는 이 같은 졸작을 쓰시면 안 됩니다. 그 작품 속의 화재는 충분히 타오르고 있는 것 같지 않습니다. 루칸 같은 사람의 아부에 귀를 기울여서는 안 됩니다. 허긴 루칸이 그 정도의 시를 썼다면 저는 그를 천재로 인정하겠습니다만 폐하의 경우는 전혀 다릅니다. 그 까닭을 아십니까? 폐하는 그들보다 위대하시기 때문입니다. 폐하는 신(神)들에게서 풍부한 재능을 받으셨으니 우리도 더 걸작을 기대할 수가 있는 것입니다.”

페트로니우스는 얼마간은 꾸짖듯이, 얼마간은 야유하듯이 아주 태연하게 말했다. 그러나 황제의 눈은 만족한 빛으로 번득였다.

18세기의 영국 소설가 로렌스 스턴은 명작 『감상 여행(A Sentimental Journey)』에서 아부나 비위를 맞추는 말로 재미를 본 이야기를 하고 있다. 예를 들면 그는 파리의 사교계에서 B라는 노 후작에게 소개된 일이 있었다. 그 후작은 여자에게 인기가 있는 것으로 유명했고 여자에 관한 한 자신만만했는데 “한번 영국에 가고 싶군요.”라 말하고 영국의 여성에 대해서 이것저것 물었다. 그러자 스턴은 “제발 오시지 말아 주세요. 그러지 않아도 영국 여자들은 당신의 이야기를 입에 올리는 것만으로도 우리 영국 남자들은 거들떠보지도 않고 있는 형편이니까요.”

95

이렇게 말하자 그는 곧 후작에게서 만찬의 초대를 받았다.

또 세금 징수 청부인인 P씨는 영국의 세금에 대해서 꼬치꼬치 묻고 "영국에서도 세금은 만만치 않은 것 같더군요."라고 했다. 그러자 스턴은 "당신처럼 징수하는 방법을 제대로 안다면 큰 문제는 안 될텐데 말입니다."라고 대답하고 머리를 숙여 보였더니 2, 3일 지나서 집에서 개최되는 연주회에 초대받았다.

또 Q부인은 자기가 기지(機智)에 넘치는 인물로 자부하고 있었는데 스턴이 또한 그렇다는 말을 듣고 만나자고 제의해왔다. 자리에 앉자마자 그녀는 자기의 기지를 상대방애게 인정시키기 위해서 맹렬한 기세로 떠들어댔다. 그동안 스턴은 한 마디도 하지 않았다. 그 후 Q부인은 누구를 만나도 "남자분과 지금까지 그렇게 유익한 이야기를 교환해본 적은 한 번도 없었어요."라고 했다.

이와 같은 삽화들을 소개한 후 스턴은 이렇게 말하고 있다.

나는 내가 만난 거의 모든 사람들의 호평을 받았다. 그리고 이런 식으로 아첨이라는 대가를 치르기만 한다면 나는 파리에서 일생 동안 먹고 마시고 재미있게 지낼 수가 있었을 것이다. 그러나 이건 부정직한 계산이다. 나는 이런 짓을 하는 것이 부끄러워졌다. 이것은 노예가 거두는 이득이다. 나의 모든 염치심이 이런 일들을 혐오했다. 상대방의 지위가 높으면 높을수록 나는 더 이 비열한 수단에 의존하지 않으면 안 되었다. 상층의 인간들일수록 더욱 부자연스러움이 넘치는 인간들뿐이었다. 나는 자연 그대로의 인간이 그리워졌다.

　위에 인용한 글에서 우리는 18세기 프랑스 사교계의 사람들은 무척 아부하는 말을 좋아했음을 알 수 있고. 그리고 여기에서 다시 인간이란 아부를 매우 좋아하는 존재임을 확인하게 된다.

　우리는 보통 아부하는 것은 삼가야 할 일이라 하고 칭찬은 그렇지 않다고 한다. 그러나 이 두 가지를 명확히 구별하기는 언제나 쉬운 것은 아니다. 상사가 부하를 칭찬하는 말은 아부라고 하지 않는데 같은 말을 부하가 상사에게 한다면 그것은 아부가 된다고 한다. 같은 말인데도 이렇게 되니 이건 좀 이상하지 않은가. 그렇다 해도 이것이 관습이니 어쩔 수 없는 노릇이기는 하다. 다만 이런 칭찬을 하는 경우에 몇 가지 점을 유의할 필요는 있겠다.

　우선 상사에게 하는 경우는 될 수 있는 대로 동료들이 동석한 자리에서는 안 하도록 한다. 곁에 그들이 있다면 질투와 적개심을 유발할 것은 틀림없다. 그러니까 칭찬을 해도 남이 없는 자리에서 해야 한다. 또 상사를 칭찬할 때는 시원시원하게 머뭇거리지 말고 말하는 것이 중요하다. 이렇게 하면 그 말은 아부의 느낌이 없는 순수한 칭찬의 어감을 갖게 된다. 또 이런 식으로 칭찬할 수 있기 위해서는 그 칭찬이 상대방이 받아 마땅한 말이고 또 칭찬하는 그 점 때문에 우리가 진정으로 상대



아부와 칭찬

방을 존경해야 한다.

우리는 남에게 칭찬을 듣고 싶은 특정한 점이 있다는 것도 알 필요가 있다. 가령 두뇌가 명석한 여성들은 남들에게서 항상 총명하다는 말을 들을 테니, 그녀는 그런 말보다는 아름답다는 말을 듣는 것이 더 반가울지도 모른다. 또 최근에 홈페이지를 만들고 에세이라는 것을 쓰기 시작하고 그 이야기를 자주 입에 올리는 나 같은 사람이라면 그 에세이가 재미있다, 잘 썼다라고 해주는 것이 좋다. 머지않아 자기의 글들이 별거 아니라는 것을 알게 되겠지만 지금은 이성을 잃은 상태에 있으니 과장된 칭찬이라도 괜찮다. 이런 칭찬을 한다 해서 손해볼 사람은 아무도 없지 않은가.

가정에서도 아내에게 분명하게 예쁘다고 말해준다. 남편에게서 이런 칭찬은 들어본 적이 없는 아내는 깜짝 놀라서 이 사람이 돌지 않았나 생각할지도 모르지만 그렇다고 이 일 때문에 병원에 가보자고 하지는 않을 것이다. 왜냐하면 의사한테 이 사람이 나를 예쁘다고해서 데리고왔다고 설명한다는 것도 이상한 일이 될 것이지만 그렇게 설명한다 할 때, 담당 의사가 고지식한 친구여서 "아주머니 보고 예쁘다고 했다고요? 그건 정말 이상하군요." 하는 따위 기분 나쁜 소리를 할지도 모르니까 말이다. 좌우간 세뇌하는 것처럼 되풀이해서 예쁘다고 말해주면 나중에는 자기가 정말 그렇다고 믿게 되고 살맛도 나게 될 것이니 아내의 행복을 위해서 예쁘다고 하는 것에 인색하지 말아야 한다.

그리고 아내는 남편에게 "당신 참 멋있어요. 늙어가면서 숀 코넬리 닮아가네요."라고 추어준다. 이런 칭찬을 할 때는 서로의 얼굴은 보지 않는 게 좋고 또 벌이가 신통치 않은 일 따위는 잊어 버려야 한다. 그래야만 그런 칭찬이 입 밖에 쉽게 나오고 또 그 칭찬이 실감을 띠게 된다. 아내에게서 이런 칭찬을 듣게 되는 남편은 꾀죄죄하던 옷차림도 예전보다 단정해지고 직장에서는 더 열심히 일하게 될 것이다. 그러니 모두 경하할 일이 아닌가.

남을 칭찬하는 일은 자존심과 충돌하기 때문에 우리는 선뜻 남을 칭찬하고 싶어하지 않는 경향이 있다. 그렇다 해도 미국인들이나 일본인들과 비교해보면 우리나라 사람들은 남을 칭찬하는 일에 너무 인색하지 않나 생각한다. 이 점은 우리가 반성할 점이다. 앞으로 주위의 사람들의 장점을 알아주고 또 찾아내어 서로 많이 칭찬하도록 해야겠다. 그러면 개인은 좀더 행복한 순간을 자주 가지고 사회는 좀더 따뜻한 분위기를 갖게 될 것이 아닌가.



아부와 칭찬

# 계림과 폴 데루와 나의 사진술

　계림에 와 보기 전에 내가 가졌던 이미지는 도시의 한가운데를 이강(灕江)이 흐르고 그 양안에 기암 괴석들과 그다지 높지 않은 산들이 여기저기 산재해 있으리라는 것이었다. 그러나 이런 예상은 전혀 틀린 것이었다. 엄청난 수의 기봉들이 이 인구 50만의 도시를 둘러싸고 있었다. 중국인은 원래 '백발이 3천 장', '일일여삼추' 하는 식으로 허풍이 심한 국민이기는 하나 가이드 양의 "금강산은 1만 2천 봉이지만 계림은 3만 6천 봉이라고 합니다." 하는 말이 과장으로만은 들리지 않았다.

　도착한 다음날 우리 일행 8명은 버스로 관암동굴로 가서 구경한 후 관암 선착장에서 배를 타고 약 1시간 반 동안 이강 유람을 했다. 보통의 경우 유람선은 전장 4백 27킬로의 이강에서도 가장 경치가 좋다고 하는, 죽강에서 양삭까지의 38킬로를 내려간다. 소요 시간은 약 5시간이다. 그러나 우리의 관광 코스는 관악의 주변만을 배로 유람하고, 관암에서 양삭, 이프까지는 버스로 가는 것이었다. 양삭까지 배에서 보는 경치를 못 보게 된다는 것이 좀 아쉬웠으나 버스의 창 밖으로 보는, 목적지 이

프까지의 경치도 아까 유람선에서와 마찬가지로 감탄을 자아내게 하는, 그야말로 수천 매의 수묵화 족자가 걸려있는 세계를 가는 것이었다.

불면증이 있는 나는 여행할 때 책을 가지고 떠나는데 이번에는 폴 데루(Paul Therooux)의 『철계호(鉄鷄号)를 타고－중국 철도여행』을 가지고 왔다. 데루는 영국의 저명한 소설가로, 1986년 봄 런던을 출발해서 시베리아 철도로 중국에 온 후 약 1년 간, 주로 기차로 중국 각지를 여행하고 이 책을 썼다. 포켓북으로 450페이지에 달하는 이 작품은 보통 여행 안내서와는 달리, 미지의 세계에 대한 호기심을 자극하고 그 곳에 사는 사람들의 생활을 잘 알 수 있게 해준다. 풍부한 지식과 재미있는 관점, 날카로운 분석과 비판 정신, 그리고 얼빠진 유머와 신랄한 독설 등이 이 책을 아주 재미있는 여행기가 되게 하고 있다. 특히 문화혁명이 중국인의 생활과 정신을 할퀴고 간 자취를 잘 알게 해주는 점이 좋다.

그 책을 펼쳐서 이 근처 이야기를 살펴본다. 그는 어저께 서쪽의 곤명을 출발해서 오늘 오후에는 귀주(貴州)의 남동쪽 도균(都匀)을 지났고 그러자 이제 전형적인 계림의 풍경이 시작되고 있다 하고 있다. 그러니까 계림시의 서쪽으로는 300킬로에 걸쳐 수묵화의 족자들이 걸려있는 것이다. 데루는 이렇게 묘사한다.



계림과 폴 데루와 나의 사진술

남쪽으로 내려가자 풍경은 일변했다. 낙타 등의 혹, 굴뚝, 깎아
세운 불탑 같은 회색의 산들이 나타났다. 세계에 이렇게 기이한
산은 없을 것이다. 그리고 이다지도 중국적인 풍경도 없을 것이
다. 중국의 족자에는 이런 산들이 그려진다… 우리는 이제 광서지
방에 들어왔다.

기차가 곤륜을 떠날 때 데루의 콤파트먼트에는 신혼부부가
손을 잡고 들어왔다. 남자는 20대로 야위고 가죽 저고리와 끝
이 뾰족한 구두로 제법 모양을 내고 있다. 신부는 원피스를 입
고 있다. 기차를 탈 때 원피스를 입는다는 것은 손을 잡는 것
과 마찬가지로 진기한 일이다. 노란 양말과 빨간 구두는 묘한
조화를 이루고 있고 스커트가 짧아서 뻗어내린 다리를 잘 볼
수 있었다. 중국에서는 여성들이 좀처럼 허벅다리를 내놓는 일
이 없으므로 그것만으로도 진기한 일이었다.

"제가 다른 객실로 옮길까요?"

"왜요?"

"둘이서만 있고 싶을 테니까요."

"여기서도 둘이서만 있을 수 있어요."

신랑은 위의 침대에 자기 가방을 던지고 신부는 반대쪽 침대
위에 올려놓았다.

곤명역을 떠나서 이제 밤 9시가 되었는데도 둘은 그대로 앉
아있었다. 아마 오늘밤은 그들에게 첫날밤일 것이다. 데루는 생
각한다. 나는 아까 진심으로 둘만 있게 해주고 싶어서 그렇게



삶이 머문 자리

말한 것일까. 아니다. 그는 이 나라를 제대로 알아야 한다고 결심하고 있다. 그래서 모든 것을 보려 하고 있다.

　한 여성이 핸드백을 열면 그 속에 뭐가 있나 들여다보고 남자가 지갑을 열면 돈이 얼마 들어있나 세어보았다. 책이나 잡지를 읽는 사람이 있으면 그 제목을 메모하고, 또 사형수가 처형되기 직전엔 그가 저지른 흉악한 범죄들을 열거한 포스터가 나붙는데 나는 사람들에게 이것들을 번역해달라고 했다. 여행자들이 입고 있는 것이나 사용하고 있는 것의 상표를 외웠다. 팜플렛의 오자를 찾아보고 호텔의 이용 규칙을 모았다. '손님들에게 부탁드립니다. 설거지 대에 방뇨하지 마세요' 따위다.

이런 호기심의 덩어리인 데루가 신혼부부와 함께 하룻밤을 보낼 기회를 어찌 놓치고 싶겠는가. 신혼부부는 둘이서 담배를 피우고 뭔가 쑥덕거리고 나서는 잡지를 뒤적였다. 데루는 썼다. '10시 16분 PM―신혼부부의 움직임 없음, 만족스러운 숨소리, 코고는 것 같은 소리도 들림, 하나는 잠이 든 모양이다. 기대가 빗나가다.' 신혼부부가 첫날밤을 어떻게 보내느냐하는 것은 지대한 관심사다. 앞으로 몇 페이지 뒤에는 그 결과를 알 수 있겠지만 버스가 양삭에 오면서 지금 창밖에는 더욱 유현(幽玄)의 극치에 달한 수묵화가 펼쳐지므로 이제 책은 내려놓아야겠다. 옛날 장마당의 약장사는 바이올린 소리에 구경꾼들이 모여들면 우선 천으로 쥐같이 만들어서 앞에 놓고 그것이 이따가 움직이

103

계림과 폴 데루와 나의 사진술

는 것을 보여드린다 하고 손님들이 자리를 뜨지 못하게 했다. 이 수법을 모방하는 것 같아 독자 여러분에게 미안하나, 약장사의 쥐는 끝내 움직이지 않았지만 나는 그렇게 하지 않을 것이다. 아무튼 아이들은 가라.

데루의 여행기 4페이지 정도를 읽는 시간 외에는 사실 나는 정신없이 바빴다. 계림 같은 명승지에 오면 나는 경치를 육안으로 보지 않고 줄곧 카메라의 파인더를 통해서만 본다. 그리고 예술적 사진을 찍으려고 혈안이 된다. 그래서 언제 어디에 갔느냐 하는 것은 잘 모른다. 위의 정보들은 관광할 때 꼼꼼하게 기록하는 버릇이 있는 마누라의 노트를 표절한 것이다. 마누라는 몇 시에 어디에 가서 어떤 것을 보았느냐하는 것은 물론이고 가이드가 하는 농담이나 그럴싸한 거짓말도 하나 빼지 않고 기록하는 버릇이 있다. 내가 사진광이라면 마누라는 기록광이다. 계림의 가이드는 "저강이 아니고 이강(灕江)이에요. 이산이 아니라 요산(堯山)이에요."라 했고, 예전에 북경 이화원(頤和園)에 갔을 때엔 가이드가 "서태후는 밤마다 젊은 남자를 자기 침실에 불러들였고 아침에는 예외 없이 그 청년을 죽여버렸습니다."라고 했다. 그랬나 하고 서울에 돌아와서 서태후에 관한 책들을 많이 뒤져보았으나 그런 기록은 찾지 못했다.

그래서 이날 많은 사진을 찍었는데 액정 모니터에 나오는 사진들은 전혀 기대에 못 미치는 것들뿐이었다. 이날 날씨는 아주 맑게 개인 것은 아니지만 이만하면 이 지방에서는 괜찮은 날씨란다. 오히려 이렇게 엷은 안개에 싸임으로써 산과 강은 더욱 수묵화의 세계가 된다. 그런데 내 사진 속의 산은 하나같이 뿌연 회색일 뿐 수묵화의 정취 따위는 전혀 없다. 나는 크게 실망한다.

마누라는 이번 여행에서도 그림엽서를 열심히 산다. 이건 나의 사진예술 실력을 전혀 인정하지 않고 있는 증거이므로 나로서는 기분이 좋지 않다. 하지만 공평하게 말하면 그 그림엽서들은 아름다웠다. 그 중 한 장은 하늘과 물이 이렇게 푸른 날이 정말 있는 것인지, 수묵화의 세계가 완전히 칼라 사진의 세계로 바뀌어 있었다. 또 한 장은 황혼빛에 물든 이강에 작은 배가 떠있고 산 정상 근처에는 솜을 뜯어놓은 것 같은 안개가 걸려있는 것이었다. 잘 보니 이것들은 인공적으로 수정한 사진이었다. 나는 이 엽서 사진들과 내 사진을 비교해보기 위해서 이 두 장을 접사해서 내 카메라에 옮겼다. 그리고는 가이드 양에게 내가 찍은 사진과 이 두 장을 보여주며 어떠냐고 물었다. 내 사진에 대해서는 아무 말도 않던 그녀가 엽서 그림을 보자. "참 아름답군요. 아버님 사진 참 잘 찍으시네요."한다.

모 방송국에서 '산이 빚은 산수화 계림'이라는 프로를 방영했다. 그 프로에 소개된 중국의 화가 전건국(全建國)과 서비홍(徐悲鴻)의 수묵화에 많은 사람들이 압도당했을 것이다. 먹의 농담(濃淡)과 먹물이 번지는 한지(漢紙)의 특성과 또 공백을 살리는 것이 어쩌면 그다지도 신묘하게 산과 물과 안개와 골짜기를 표

105

현해 낼 수 있는 것인가. 그림엽서의 사진이 아무리 아름답다 해도 계림 산수를 소재로 하는 한 그들의 수묵화에 사진은 도저히 따르지 못한다. 또 계림은 사진의 소재로서는 적당치 않으므로 다시 그곳에 간다 해도 앞으로 사진은 찍지 않기로 결심하고 있다. 아니 계림뿐만이 아니라 어떤 명승지에 간다해도 특별히 나의 흥미를 불러일으키는 장면 이외에는 카메라에 담지 않기로 했다. 카메라 파인더 속만 들여다보고 어슬렁거리니 구경을 했다 할 수도 없고 머릿속에 남는 것도 없으니 그러려면 뭣 때문에 관광을 떠나는지 모르겠다고 반성하게 되었기 때문이다.

생각해보면 지금까지 나의 피사체와의 인연도 그다지 좋지 못했다. 눈앞에 호수가 있고 그 저쪽에는 산이 있는 아름다운 풍경을 촬영하려면 바로 눈앞에 나뭇가지가 드리워있어 그 잎이 사진에 들어가야 하는데 내가 찍으려고 할 때에는 이런 나뭇가지가 있어 준 적이 없다. 버스를 타고 가다가 이런 조건이 갖추어진 곳을 만나도 카메라를 들 때에는 벌써 쏜살같이 뒤로 날아가 버린다. 또 백사장이 끝나는 곳에 절벽이 있고 그 밑 큰 바위들에 파도가 밀려와 흰 물방울을 날리고 있는 곳을 보면 거기서 이쪽으로 비키니를 입은 아가씨가 걸어와 주기를 바라지만 그런 아가씨는 나타나주는 일이 없고 소주 마시고 얼굴이 빨개진 배 나온 아저씨나 이상한 해수욕복을 입은 할머니가 손자의 손을 잡고 나타난다. 언젠가 한번은 이런 비키니 아가


삶이 머문 자리

씨가 있는 사진을 멋지게 찍으려고 반바지 차림에 밀짚모자를 쓰고 해변을 어슬렁거렸더니 어떤 30대의 청년이 나를 보고 "아저씨, 한 장에 얼마예요." 하고 외쳤다. 나는 역시 예술가보다는 사진사 스타일인 모양이다.

20년 전쯤, 나는 풍경 사진과는 인연이 없는 것 같아서 전공을 누드로 바꾸기로 하고 어떤 누드 사진 촬영 행사에 참가했다. 그날 20명 정도가, 강원도의 산골짝으로 갔다. 그런데 약 한 시간 후 어떻게 알았는지 순경 2명이 자전거를 타고 와서 우리를 연행한다했고 이때 다른 참가자들은 슬금슬금 다 달아나고 모델 양과 제일 동작이 느린 나와 모 대학의 R교수가 지서에 잡혀갔다. 모델 양은 옷을 입노라고 지체하다가 잡혔지만 이 친구는 키도 크고 다리도 긴데 왜 잡혔는지 모르겠다. 사진협회 K부회장은 책임을 느끼고 자진해서 지서에 갔다. 순경 2명이 R교수와 나를 취조하고, 지서장은 숙직실에 모델 양을 데리고 들어가 취조했다. 3시간이나 조사를 하고 나서도 풀어줄 기색이 보이지 않자 K부회장이 서울의 모 유력자에게 전화를 걸었고 그제야 우리는 풀려났다. 그 후 그런 모임엔 다시 나가지 않았다. 다시 비상사태가 닥칠 때에 잡혀가는 것은 항상 운동 신경이 느린 나일 것이기 때문이다.

중국 여행에서 짜증스러운 것은 여행할 때마다 관광 회사에서 여행객들을 3, 4회는 틀림없이 보석이나 차 같은 것을 판매하는 곳에 데리고 가는 것이다. 그러나 이번 계림의 한 보석



계림과 폴 데루와 나의 사진술

판매소에서는 하나의 기쁨을 맛보았다. 보석을 목에 걸고 무대에 나오는 아가씨들 가운데서 나는 파금(巴金)의 '家'에 나오는 명봉(鳴鳳)을 보았던 것이다. 그녀는 내가 품고 있는 명봉의 이미지와 꼭 같았다.

명봉은 1919년의 五·四운동의 격동기에 성도(成都)의 한 명가의 하녀로 일하면서, 이 집의 막내아들이며 봉건제에 반대하는 각혜(覺慧)와 서로 좋아한다. 그러나 자기가 어떤 노인의 첩으로 팔려간다는 사실을 알게 되자 절망해서 연못에 몸을 던져 자살한다. 계림의 그녀는 요즈음의 패션모델들처럼 그렇게 말라깽이가 아니었고 얼굴도 토실토실하고 다리는 좀 굵었다. 옛날 부잣집 하녀 명봉도 다리는 굵었을 것이다. 그녀를 보자 나는 잠시 멍해져 카메라의 초점을 그녀가 아니라 상당히 떨어져 있는 탁자에 맞히고 말았다. 그녀의 좋은 사진을 찍지 못한 것이 못내 아쉽다.

이날 밤 이프에 도착해 저녁 식사를 든 후 옥상에서 소수민족 묘족(苗族)의 청년들 약 30명이 악기를 연주하며 춤을 추는 공연을 보았다. 그래서 이날은 피곤해서 그냥 자버렸다. 데루는 또 연기다. 다음날 밤 계림의 대우대반점호텔에 돌아와서 밤에 거리 구경을 나갔는데 호텔 문을 나서서 왼쪽으로 5분도 채 걷지 않았는데 넓은 도로에 야시장까지 길게 늘어서 있는 번화가가 나왔다. 이런 좋은 곳이 바로 호텔 곁에 있는데도 가이드는 한마디도 해주지 않았다. 아마 관광객들이 이런 데서 돈을 써


삶이 머문 자리

버리면 자기들이 데리고가는 선물가게에서는 물건을 사지 않는다는 생각에서일 것이다. 이 번화가를 한참 가니 하나의 장관이 펼쳐지고 있었다. 이강반점이라는 큰 호텔의, 높이 13층 폭 80미터의 정면이 폭포가 되어 물이 쏟아져 내려오고 있었던 것이

다. 이것은 약 30분 계속되었다. 나는 또 이 광경을 촬영하지 못했다. 꼭 가지고 가야 할 곳에는 카메라를 잊어먹는다. 한참 야시장 구경을 하고 나서 호텔 객실에 돌아왔고 이제는 정말 데루를 읽어야 한다.

기차는 지금 작은 역 마미(麻尾)에 정차했다. 정거장 앞에서는 50여 명의 노점상들이 노란색, 자주색의 자두와, 먼지를 뒤집어쓴 바나나, 수박 등을 팔고 있었다. 이렇게 작은 역에서 이렇게 오래


계림과 폴 데루와 나의 사진술

정차하는 것은 처음이다. 의도적인 정차일 것이다. 과일 쇼핑 정
차이다. 신혼부부는 수박을 사왔다. 둘은 침대에 앉아 나이프로
수박을 쪼개어 스푼을 교대해서 쥐고 훌쩍거리며 먹고 있었다. 그
것은 섹스를 닮았다.

　무더운 기차 객실 속에서 나는 침대에 드러누워 로버트 루이스
스티븐슨의 『납치』를 읽으면서 11시경에는 잠이 들어버렸다. 눈
을 떴을 때는 아직 불이 켜져 있었다. 나는 미닫이문을 고무밴드
로 고정시키고 불을 껐다. 위의 침대에서는 아직도 수박을 먹는
소리가 들려온다. 신혼부부는 하나의 침대에 들어가 있었다. 아니
야, 틀렸어, 저건 수박 먹는 소리가 아니다. 수박은 벌써 먹어치웠
을 것이다. 그런데 이번의 소리에는 아주 흡족한 듯한, 맛있는 요
리를 실컷 먹은 후의 깊은 한숨소리가 섞여 있었다. 두 사람은 어
둠 속에서 서로를 탐식하고 있었다.
　다음날 오전 4시 기차가 계림에 도착할 때까지도 그들은 그러
고 있었다.


삶이 머문 자리

# 트루먼 대통령

　미국의 해리 S 트루먼 대통령(33대, 재직 1945~1953년)은 한국 전쟁이 일어났을 때 신속하고 단호하게 미군 파병을 결정하고 대한민국의 공산화를 막아준, 우리에게는 잊을 수 없는 인물이다. 그때의 그의 과감한 결단이 아니었더라면 한국은 그때 분명 공산화되었을 것이다.

　트루먼은 1884년 미주리주의 한 농가에서 태어났다. 정식 교육은 고등학교까지가 전부였다. 은행, 철도회사 사무원, 농업 등 젊은 시절 여러 가지 일에 종사했으나 이렇다할 성공은 거두지 못했다. 제1차대전이 발발하자 소집되어 포명대위로 복무했고, 귀향 후엔 전우 한 명과 캔자스시티에서 복식품(服飾品)점을 경영했으나 이것도 실패하고 만다. 38세 때 캔자스시티의 시정(市政)을 좌지우지하던 보스 톰 펜더가스트의 밑에 들어가 그의 도움으로 판사의 자격을 얻게 되는 군(郡) 행정위원이 되어 몇 번이나 임기를 채우면서 풀뿌리 정치 수업을 한다. 그리고 마침내 펜더가스트의 후원으로 미 상원의원에 당선된다. 그 후 국방 계획의 심사를 맡는 특위의 위원장이 된다. 방위 관계의 계약들을 재심사하는 이 위원회에서 그는 여러 건의 부정을 적발하여 자주 전국 신문의 표제를 장식하게 된다. 그로 인하여 국가 예산은 몇10억 달러나 절약되었던 것이다. 여기서 그 이름이 더욱 알려지게 되고 또 청렴하고 판단력이 탁월하다는 평판을 얻게 된 그는, 제2차대전의 종결을 위해서 전례 없는 4선에 도전한 루스벨트의 부통령 후보가 되고 루스벨트의 낙승으로 부통령이 된다.

1945년 4월 프랭클린 루스벨트가 갑자기 사망하자 그는 거의 무명의 부통령에서 대통령으로 승격했다. 1945년 7월 중순부터 8월 초에 걸쳐 베를린 근교의 포츠담에는 트루먼, 처칠, 스탈린의 3대국 수뇌가 모여 독일 점령 관리 문제, 중·동구의 질서 회복과 재건 문제, 대일 전후 처리 문제들을 논의했다. 이 포츠담 회담에서 트루먼 대통령이 이끄는 미국 대표단은 루스벨트 시대와는 판이하게 개개의 안건에 있어서 소련과 단호하게 맞섰다. 이것은 병에 시달리던 루스벨트와는 다른, 트루먼의 "자신감에 넘치고 의지가 강하고 모호한 언어를 쓰지 않는(처칠의 말)" 성격 때문이기도 했다. 특히 동유럽 문제에 있어서 소련이 폴란드의 예를 들면서 루마니아, 불가리아의 정부 승인을 요구한데 대해서 미국은 영국과 함께 자유 선거가 실시되지 않았다는 점을 들어 단호히 반대했다.

트루먼의 재직 중의 중요 사항으로는 우선 1947년 미국 의회에서 표명한 트루먼 독트린을 들 수 있는데 이는 그의 대외


삶이 머문 자리

정책의 일반 원칙이 된 것으로 전세계의 국민들을 공산주의의 위협에서 지켜야 한다는 그의 신념을 반영한 것이었다. 그 후 이 정책은 유럽의 부흥 계획인 마샬 플랜, 대서양조약기구(NATO)로 이어지게 된다. 이 밖에 그의 업적으로는 그의 국내 정책의 총칭으로 그 자신이 '뉴딜의 연장이며 대중의 경제적 기회의 확대'라고 설명한 페어 딜 정책의 제창, 국제연합헌장의 승인, 제2차대전 후 빈발한 파업을 막기 위해 고용주와 노조의 책임을 균등화하는 것을 골자로 한 태프트 하틀리법의 제정, 1948년 소련의 베를린 봉쇄에 맞선 과감한 공수 작전, 일관된 공민권의 옹호, 국방성, CIA의 설치 등을 들 수 있다. 특히 우리 한국인들의 기억에 남아있는 것은 한국전쟁 수행 중, 자기의 방침에 순응하지 않는다고, 국민적 영웅이었던 맥아더 사령관을 해임하여 문관우위의 원칙을 고수한 것이다.

중서부인(中西部人)다운 소박한 인품에 평범한 풍채의 그는 루스벨트와는 너무나 대조적이어서 취임 초에는 그저 평범한 대통령이라는 인상을 주었으나 시간이 지나면서, 사실은 매우 소신 있고 유능하며 또 강력한 추진력을 가진 지도자라는 것이 밝혀지게 된다. 역대 미국대통령의 지도력을 평가한 성적표에 의하면 트루먼은 최근에 와서는 어느 조사에서도 대개 10위 안에 랭크되어 있다. 1999년 C-Span 방송 조사에 따르면 일반인들의 평가에서는 역대 대통령 중 7위, 역사학자들의 평가에서는 5위로 나와 있다. 이 조사에서 그보다 상위에 있는 대통령은 링컨, 프



트루먼 대통령

랭클린 루스벨트, 조지 위싱턴, 디어도 루스벨트 등이며, 케네디는 8위, 아이젠하워는 9위이다(http://www.americanpresidents.org/survey/historians).

1948년 트루먼은 대통령 선거에 재출마하고 공화당의 토마스 듀이와 맞서게 된다. 선거전이 시작되자마자 민주당은 그의 정책을 둘러싸고 3파로 갈리고 각종 여론 조사는 그의 패배를 예고했다. 그래서 민주당의 유력자들 사이에서는 다른 후보자를 내세우자는 이야기까지 나왔고, 오랫동안 민주당의 지도자였던 제임스 파아리는 라디오 인터뷰에서 이제 트루먼의 정치 생명은 끝났다고 까지 말했다. '잘못하는 것은 언제나 트루먼(To err is Truman)'[알렉산더 포우푸의 '잘못하는 것은 언제나 인간(To err is human)'이라는 명구의 말장난]이라는 공화당원들의 조롱하는 말이 재미있다고 일반 국민들의 입에도 자주 오르내렸다. 트루먼의 장모조차 "저 사람이 재선을 위해서 싸우는 것은 헛수고예요." 하고 친구들에게 말했다.

그러나 트루먼은 등을 떠밀려 벼랑 끝에 서게 될 때에 기개와 투지가 가장 살아나는 사나이다. 그는 기차를 타고 전국 3만 5천 킬로를 누비는 유세 길에 올라 하루에 15회에서 20회나 정차해서 시민들을 만났다. 이것을 그는 휘슬 스톱(whistle stop, 신호 정차역 유세 : 이 말은 본래 역에서 신호가 있을 때만 열차가 정차하는 작은 역이라는 뜻이며 이런 작은 역이 있는 소읍에 잠깐 들러 하는 연설을 말하기도 한다)이라고 부르고 의회 지도자들을 상대하



삶이 머문 자리

지 않고 직접 서민에게 호소했다.

'나는 싸울 것이다', '그 녀석들을 혼내주겠다'라고 외치고, 미국의회를 '건달 의회'라고 비난하며, 노동자들에게는 "저를 위해서 투표하지 않아도 돼요. 여러분을 위해서 투표해야 해요. 여러분들의 이익을 위해서 말이요. 곰팡이가 낀 놈들이나 특권에 달라붙는 놈들을 추종하겠으면 하세요. 그러나 그들이 미국을 월가의 경제 식민지로 만드는 것을 보고 있기만 해서는 안 돼요."라고 외쳤다.

농민들에게는 이렇게 말했다. "나는 밭이랑을 곧게 만들 수 있어요. 편견이 가득한 어떤 증인이 그렇게 말했지-그 증인이란 나의 어머니를 말하는 것이지만" 그의 이런 조의 유세를 사랑하는 군중은 날로 늘어갔다.

적수인 토마스 듀이는 지나친 자신감에 사로잡혀 있어서 선거 연설도 제대로 하지 않았다. 후보지명 수락 연설도 냉정하고 온갖 진부한 문구가 가득 차 있는 평범한 것이었다. 투표일 직전 뉴스위크지는 50명의 일류 정치기자들의 예상을 물었다. 한결같이 트루먼은 이길 수 없다는 것이었다. 그러나 그는 이겼다. 그것은 미국 정치 사상 가장 놀라운 역전극이었다. 듀이가 승리했다고 크게 보도하고 있는 시카고 데일리 트리뷴지를 들어 보이며 웃고 있는 트루먼의 사진은 지금도 많은 사람들의 기억에 남아있다. 그가 워싱턴에 돌아왔을 때 워싱턴포스트의 사옥 옥상에는 다음과 같이 쓰인 간판이 그를 환영했다.

115

트루먼 대통령

"대통령 각하, 당신이 식탁에 까마귀를 내놓으시겠다면 우리는 그것을 먹을 용의가 있습니다('까마귀를 먹는다 eat crow'라는 관용구는 '창피를 무릅쓰고 전에 한 말을 취소한다, 사과한다'의 뜻)."

트루먼과 듀이의 선거전에 관련된 하나의 일화가 리처드 닉슨의 『지도자들』이라는 책에 나와있다.

"공인(公人)에 대한 단 한마디의 파괴적인 경구(警句)가 본인의 어떤 노력도 수포로 돌아가게 만든다. …… 디어도 루스벨트 대통령의 딸 앨리스 R 롱워드가 공화당의 대통령후보 토마스 E 듀이를 조롱한 '웨딩 케이크 위의 꼬마 신랑님'이라는 표현도 파괴적인 효과를 발휘했다. 이 말이 1948년의 대통령 선거에서 그를 패배시켰다고 하는 사람들도 있을 정도다. 단순히 '작고, 거만하고, 겉보기만 그럴 듯하고 부자연스럽다'라는 표현으로는 그 한마디 말만한 효과를 거두지는 못했을 것이다."

116

삶이 머문 자리

트루먼만큼 가정에 충실한 대통령도 드물었다. 아버지는 트루먼이 젊을 때 사망했으나 어머니는 90세가 넘어서까지 생존하여 아들이 대통령이 되는 것을 보았다. 트루먼은 어머니를 통찰력이 있는 조력자로서 또 충성스러운 민주당원으로서 그녀에게 의견을 묻고 그 의견을 존중했다. 그의 동생도 그리고 일생 독신으로 살았던 그의 누이동생도 헌신적으로 그를 도왔다.

트루먼의 외동딸 마가렛은 오페라 가수로 무대에 서는 일이 많았는데 비평가들에게서는 혹평을 받는 일이 종종 있었다. 딸을 무척 사랑했던 트루먼은 이런 비평가들을 몹시 미워하고 가끔 말로나 글로 그들에게 맹렬한 반격을 가했다. 한번은 어떤 비평가에게 다음과 같은 편지를 보냈다. "언젠가 당신을 한번 만나기를 바라오. 만나게 되면 당신은 코가 부러질테니 새 코가 필요할 것이오. 눈에 든 멍을 없애려고 애써야 할 것이고 아랫도리도 단단히 채일 테니 보호구가 있어야 할 것이오. 부랑자인 페글러(한 가십 기사 기고가의 이름)도 당신과 비교하면 신사요. 나는 당신이 내가 지금 한 말을 당신 조상들에 대한 모욕적인 언사보다 더 모욕적인 언사로 받아주기 바라오." 그 후 마아가렛은 가수를 그만두고 뉴욕에서 성공한 편집인과 결혼하여 대통령부처의 품에 네 손자를 안겨주었다.

1995년에 제작된 영화 'Truman'은 상당히 오래 전에 본 것이지만 마지막 장면 때문에 지금도 잊혀지지 않는다. 대통령의 임기를 마치고 귀향하는 트루먼이 여행 가방을 들고 단신 미



트루먼 대통령

주리주의 고향 인디펜덴스역에 내린다. 밤의 플랫폼에는 그를
마중나온 사람들도 보이지 않는다. 그런데 그가 역사(驛舍) 대
합실에 들어서는 순간, 그때까지 숨어있던 많은 마을 사람들이
여기저기서 몰려나와서 그를 환영한다. 참으로 흐뭇한 장면이
었다. 우리나라의 대통령들도 좀 이런 장면을 보여줄 수는 없
을까.



삶이 머문 자리

# 2

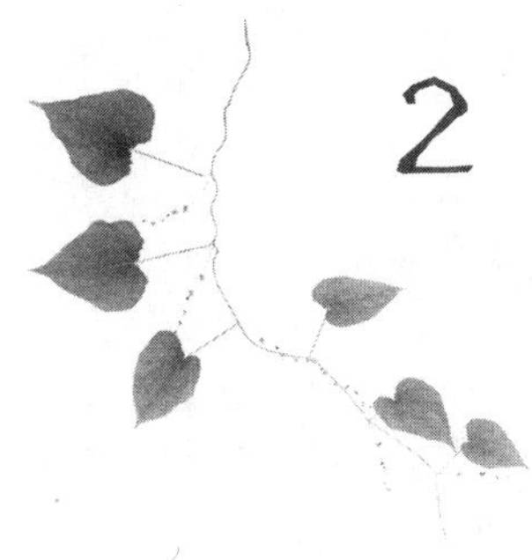

묘비 앞의 단상

# 묘비명의 유머(1)

영미(英美)의 묘비명에는 대개 고인의 성명, 사망 일자, 연령, 직업 따위를 적는 것이 보통이지만. 이에 곁들여 경건한 좌우명이나 신의 가호를 비는 기원 같은 것을 적는 경우도 있다.

옛날의 묘비명은 주로 명사들의 비석에만 새겨졌으므로 대개는 엄숙하고 진지한 내용을 담은 것들이었다. 그리고 고인이 받을 자격이 있을 것 같지도 않은 찬사를 새기는 경우가 많았다. 그래서 앰브로스 비어스는 『악마의 사전』에서 묘비명을 '죽음 때문에 얻은 미덕이 소급효과를 가지는 것을 나타내는 묘위에 새긴 비문'이라고 정의하고 있다.

그러나 점차 묘비명은 그 내용이 유머러스한 성격을 띤 것이 많아지게 되었다. 특히 타작(他作)인 경우에는 고인의 실책, 악덕 그리고 기구한 운명 따위를 마구 들먹이는 것이 있는가 하면 심지어는 고인의 이름을 가지고 말장난(pun)을 하고 있는 것도 생겨났다. 이것을 보면 영미인들은 마치 웃음은 죽음마저 이긴다고 생각하는 것 같은 느낌이 든다. 그리고 이런 점은 웃음은 죽음에 대한 모독이라는 관념 때문에 유머의 요소라고는

전혀 찾아볼 수 없는 우리의 묘비명과는 대조를 이룬다고 하겠
다. 영미에서는 묘비명 선집이라고 하는 책들도 나와 있고 또
문학 사전이나 인용구 사전에도 묘비명들을 수록한 것이 많다.
이런 책들 중에서 좀 특이하고 재미있는 묘비명들을 골라 여기
에 소개한다.

◎ 셰익스피어

◀ 셰익스피어의
묘와 묘비명

Good friend, for Jesus's sake forbear
To dig the dust enclosed heare:
Blest be the man that spares these stones,
And cursed be he that move my bones.

　••• 벗이여, 원컨대 이곳에 묻힌 유해를 파지 말지어다. 이 묘
　　석을 그대로 두는 자는 복을 받고 나의 뼈를 옮기는 자에
　　게는 저주가 있을지어다

이 비문은 셰익스피어 자신이 쓴 것으로 서로 사이가 좋지
않았던 아내 앤과의 합장을 거부하는 의미를 담은 것이라는 설


묘비 앞의 단상

도 있다. 지금 이 비문의 진의를 알 길은 없으나. 단순히 후세에 자기 묘를 파헤치는 것을 경계한 것이라고 보는 것이 자연스러울 것 같다.

전기적 자료의 부족 때문에 셰익스피어의 실재에 대해서 마저 의문이 제기되고. 베이컨설, 말로우설 심지어는 엘리자베드 여왕설까지 나오는 실정이고 보면 많은 연구가들이 그의 묘를 파보고 싶어할 것은 당연하고 또 실제로 그런 계획이 대두된 적도 있었다. 그러나 아직까지도 이 계획이 실행에 옮겨진 적이 없었던 것을 보면 그 묘비명에 적힌 저주는 제법 효과를 거두고 있는 것 같아서 재미있다.

◉ 극작가 벤 존슨

O rare Jonson

···아아 희귀한 존슨

이 간단한 비문은 웨스트민스터 사원에 있는 벤 존슨(Ben Jonson)의 석관에 새겨진 것이다. 그런데 회한한 것은 성당 속에 있는 많은 관들 중에서 오직 하나 이 관만은 서 있다는 것이다. 벤 존슨은 셰익스피어와 함께 17세기 런던의 극단에서 명성을 떨쳤지만 만년의 생활은 아주 궁핍하고 비참했다. 그래서 그는 웨스트민스터 사원 안에 간신히 묘지를 구하기는 했으나 손바닥만큼밖에 입수할 수 없었다고 한다. 이런 딱한 사정 때문에 그는 눕지도 못하고 이렇게 선 채로 매장되었다는 것이다.

123

묘비명의 유머(1)

과연 희귀한 존슨이다.

## ◎ 존 게이

Life is a jest, and all things show it;

I thought so once, but now I know it.

　　…인생을 농담. 만사가 그것을 나타내준다. 나 일찍이 그렇
　　게 생각하였으나 지금은 그것을 안다.

위는 『거지 오페라(The Beggar's Opera)』로 유명한 존 게이
(1685~1732)의 묘비명이다.

## ◎ 찰스 2세

Here lies our sovereign Lord the King,

Whose word no man relied on,

Who never said a foolish thing

Nor even did a wise one.

　　…여기에 우리 왕이 잠들다. 그의 말을 신뢰하는 사람은 아
　　무도 없었노라. 그는 어리석은 말은 한 적이 없었고, 또
　　현명한 말도 한 적이 없었노라.

위는 찰스 2세(1630~1685)의 묘비명이다. 찰스 2세는 여배우
넬 그윈, 애첩 레이디 캐슬매인 등 많은 여인들과 놀아난 왕이
지만 이 비문을 쓴 왕의 친구 로체스터 백작도 왕에 못지 않은
탕아였다.



묘비 앞의 단상

로마 시대의 묘비명은 대개 'Siste, viator(Stay, traveler ; 나그네여 걸음을 멈추라)'라는 말로 시작된다. 그 당시의 무덤들은 대부분 길가에 있었던 점을 생각하면 이렇게 행인의 걸음을 멈추게 하고 고인을 위한 기도를 간청하는 말을 사용한 것은 자연스럽게 생각된다.

새뮤얼 콜리지(Samuel Coleridge)의 비문도 이 형식을 따르고 있다.

◎ 새뮤얼 콜리지(Samuel Coleridge)

Stop, Christian passer-by — Stop, child of God,
And read with gentle breast. Beneath this sod
A poet lies, or that which once seem'd he.
O, lift one thought in prayer for S.T.C

··· 예수를 믿는 행인이여, 하나님의 아들이여, 잠시 걸음을 멈추라. 그리고 따뜻한 가슴으로 이 글을 읽어다오. 여기 이 흙무덤 속에 한 시인, 아니 옛적에 시인 같았던 존재가 누워 있나니. 오, 잠시 S.T. 콜리지를 위하여 기도하여 다오.

◎ 건축가 존 밴러프

Lie heavy on him, earth! for he
laid many heavy loads on thee.

··· 흙이여, 무겁게 그를 눌러라. 그것은 그가 생전에 그대에게 많은 무거운 짐을 지게 하였기 때문이니라.

또 한 가지 옛날부터 흔히 쓰이는 비문의 표현은 '흙이여, 그대를 가볍게 덮을지어다(May the earth lie light upon thee)'라고 하는 것이다. 그런데 위의 건축가 존 밴러프 경(1648~1782)의 묘비명은 이 표현을 뒤집어서 풍자적인 것이 되게 하였다.

◎ 조나단 스위프트

> ···여기에 본교회 수석사제 신학박사 조나단 스위프트의 유해가 잠들고 있다. 분노도 이제는 그 심장을 찢는 일이 없노라. 나그네여, 가서 가능하다면 자유를 위해 끝까지 싸운 이 사람을 본받을지어다.

위 묘비명은 『걸리버 여행기』의 저자 조나단 스위프트의 것이다. 그는 영국 국교회의 성직자로서, 당시의 종교적 정치적 현실에 대해서 큰 의분(義憤)을 품고 있었다. 그래서 만년에 고향 더블린의 성 패트릭 성당 수석사제직에 있었을 때는 발광할 지경에까지 이르렀다고 한다. 그의 이 묘비에는 고난에 찬 그의 생애가 잘 요약되어 있다. 라틴어로 되어 있으므로 원문은 생략한다.

◎ 오스카 와일드

파리 근교에 묻혀 있는 오스카 와일드의 비문.

When the Last Trumpet Sounds and We Are Couched in our Porphyry Tombs, I Shall Turn and Whisper to You



묘비 앞의 단상

Robbie, Robbie, Let Us Pretend We Do Not Hear It.

   ••• 최후의 심판을 알리는 나팔 소리가 울리고 우리가 반암(斑
岩)의 무덤 속에 누워 있을 때, 로비 나는 자네에게 몸을
돌리며 속삭이겠네. 로비 우린 저 소리를 못들은 체 하세
라고


◎ 벤자민 프랭클린

The body of

B. Franklin, Printer

(Like the cover of an old book

Its contents torn out

And scripts of its lettering and gilding)

Lies here, Food for the Worms.

But the Work shall not be Lost;

For it will(as he believ'd) Appear once More,

In a new and more Elegant Edition

Revised and Corrected

By the Author.

   ••• 인쇄업자 벤자민 프랭클린, 낡은 책의 표지가 닳고 문자와
금박이 벗겨져 나간 것처럼 그의 몸은 여기 누워 벌레에게
먹히고 있다. 그러나 그 작품자체는 사라지지 않을 것이니
그것은 이 책이. 그가 믿는 바와 같이 저자(하나님)에 의해
개정(改訂)되고 수정되어 아름다운 판으로 다시 나을 것이
기 때문이다.

127

묘비명의 유머(1)

책의 비유를 사용한 이 묘비명은 리더스 다이제스트의 작고 한 창업주, 드윗 월라스를 상기시킨다. 그는 '모든 것이 요약이 가능하다'는 신념으로 한때 발행 부수 천 9백만 부의 『리더스 다이제스트』의 오늘이 있게 했다. 드윗 월라스는 죽기 전에 자기의 모비명은 '마지막 요약(The Final Condensation)'이라 하고 싶다고 했다.

◎ 스탕달

Arrigo Beyle, Milanese,
Scrisse, Amo, Visse.

　•••아르리고 베일레. 밀라노 사람.
　썼노라, 사랑했노라, 살았노라

위는 『적과 흑』의 저자 스탕달의 묘비명이다. 그는 사실은 이탈리아 사람이 아니고 그레노불 태생이지만 평생 이탈리아를 사랑했기 때문에 밀라노 사람이라고 묘비에서도 속이고 있다. 또 여기 적힌 이름은 본명인 앙리 베일(Henry Beyle)을 이탈리아식으로 쓴 것이다. 이것만 봐도 확실히 이상한 사람임에는 틀림없지만 '썼노라, 사랑했노라, 살았노라'하는 세 개의 이탈리아어는 그의 정열적인 생활을 잘 나타내주고 있다.

◎ 존 키츠

Here lies one whose name was writ in water.



묘비 앞의 단상

···여기 물로 이름을 쓴 사람이 누워있노라.

그의 비석에는 이 비문 이외에는 이름도 없다. 물로 쓴 이름이기 때문이다.

◎ 셸리

Cor Cordium

···마음의 마음

로마의 프로테스탄트 묘지에 있는 셸리의 묘비명, 죽어서도 마음만은 죽지 않는 사람 같다.

◎ 에드가 포우

Quoth the Raven nevermore

···갈가마귀는 말하되 다시는 없노라

이 묘비명은 그의 시 「The Raven」의 후렴을 딴 것이다.

◎ 코난 도일

Steel True, Blade Straight

···강철처럼 진실하고 칼날처럼 곧았다

◎ 마가렛 미첼

MARGARET MARSH MITCHELL.

129

묘비명의 유머(1)

BORN ATLANTA, GA
NOV.8.1900
DIED ATLANTA, GA
AUG.16.1949

···1900년 11월 8일 조지아주 애틀랜타에서 태어나
1949년 8월 16일 조지아주 애틀랜타에서 작고하다.

26세 때 다리를 부상하게 되어 신문 기자를 그만두고 생애에 오직 한편 『바람과 함께 사라지다』를 쓴 마가렛 미첼, 그녀의 '애틀랜타에서 태어나 애틀랜타에서 죽다'라는 이 묘비명은 무척 산뜻한 인상을 준다.

## ◎ 조셉 콘래드

Sleep after toyle, port after stormie seas,
Ease after war, death after life does greatly please.

···수고가 끝난 후의 수면, 폭풍우 치는 바다를 항해한 후의 항구, 전쟁이 끝난 후의 안락, 삶 다음의 죽음은 기쁨을 주는 것이다.

## ◎ 보들레르

시인 보들레르의 묘에는 한 개의 비석 위에 이곳에 합장된, 소위 오픽가(家)의 사람들, 즉 재키스 오픽, 보들레르 그리고 어머니의 이름들과 인적 사항이 새겨져 있다. 맨 위에 있는 재키

스 오픽이란 바로 보들레르의 의붓아버지인 오픽 장군이다. 보들레르는 6세 때에 아버지를 여의고 7세 때에 의부로 맞게 된 이 인물을 일생 동안 증오했다고 한다. 그러니까 이렇게 사후의 오월동주가 되게 만든 것은 아들과 남편을 고루 사랑했던 어머니의 뜻이었으리라 한다. 어머니는 보들레르가 죽은 지 4년 후에 사망했다.

다음의 것들은 실제로 사용되지는 않았으나 저명인사들이 자신들의 묘비명으로 쓰고 싶다고 한 것들이다.

◎ 버너드 쇼

I knew if I stayed around long enough, something like this would happen.

　　⋯ 내 오랫동안 꾸물대고 있으면 이런 일이 일어날 줄 알았다.

◎ 헤밍웨이

Pardon me for not getting up.

　　⋯ 일어나지 못해서 미안하이.

◎ 슈바이처

If cannibals should ever catch me, I hope they will say; We have eaten Dr. Schweitzer. And he was good to the end⋯

And the end was not bad.

> ···만약 식인종이 나를 잡으면 나는 그들이 다음과 같이 말해
> 주길 바란다. 우리는 슈바이처 박사를 먹었어. 그는 끝까
> 지 맛이 좋았어. 그리고 그의 끝도 나쁘지는 않았어.

···he was good to the end는 '맛이 끝까지 좋았다'라는 뜻과 '(자기가 음식이 되어줌으로써) 그 양반은 끝까지 우리에게 잘 해 주었다'는 이중의 뜻을 가지고 있다. 마지막 부분도 '마지막 맛 이 괜찮았다'와 '그의 생애의 끝도 그만하면 나쁘지 않았다'는 이중의 뜻을 느끼게 한다.

132

묘비 앞의 단상

# 묘비명의 유머(2)

　　다음은 평범한 사람들의 묘비명이다. 이 이름 없는 사람들의 묘비명이 더 재미있다. 이것들은 가식이 없고 때로는 얼빠지고 때로는 심술궂어서 인간의 체취가 물씬 풍긴다.

　　다음의 비문에서는 lie가 '누워있다'와 '거짓말하다'의 두 가지 뜻으로 쓰여서 재미를 낳고 있다.

　　　Here lies one who often lied before
　　　But now he lies here he lies no more.

　　　••• 여기 종종 거짓말한 자가 누워있다. 지금 여기 누워있으니
　　　　　다시는 거짓말 않으리라.

## ◎ 익사한 친구를 위한 비문

　　　Erected to the memory of John Macfarlane
　　　Drowned in the water of Leith
　　　By a few affectionate friends.

　　　••• 수명의 사랑하는 친구에 의해서 리스항(港)에서 익사한 존
　　　　　맥파레인을 기념하여 이 비석을 세우다.

'사랑하는 친구들이 이 묘비를 세웠다'라고 쓰려고 한 것이었겠지만 By 이하의 구의 위치가 잘못되어 사랑하는 친구들이 고인을 익사시킨 것처럼 되고 말았다.

◎ Woodcock? Woddhen?

> Here lies the Thomas Woodhen
> The most amiable of husbands and excellent of men.
> > N.B. His real name was Woodcock but wouldn't
> > come in ryme
>
> ··· 여기 Thosmas Woodhen 잠들다. 가장 다정했던 남편 가장 훌륭했던 남자
> 주의 : 그의 진짜 이름은 Woodcock였지만 운이 맞지 않았음

위의 예들에 의해서 영문의 비문들은 운(韻)을 밟고 있는 것이 많음을 알 수 있을 것이다. 위의 것은 men에 운을 맞춘답시고 고인의 이름을 Woodhen으로 갈아버렸으니 어이가 없다.

다음 세 개는 직업과 관련있는 비문들이다.

◎ 변호사

> Sir John Strange.
> Here lies an honest lawyer.
> And that is Strange.

··· 존 스트레인지의 무덤. 여기 한 정직한 변호사가 잠들었으
니 그것은 스트레인지로다(이상한 일이로다).

마지막 Strange는 고인의 이름을 되풀이해서 '이상하다'는 뜻
을 갖게 하였다. 이 양반은 Strange라는 이름 때문에 단단히 봉
변을 당한 셈이지만 Strange라는 이름을 떠나서도 '정직한 변호
사'란 이상한 말이라고 생각하는 사람은 많을 것이다. 요새 법
과 관련된 직업을 가진 사람들 중에는 한심한 사람들이 얼마나
많은가.

다음도 마찬가지로, 그런 변호사의 묘비명이다.

Here lies

Benjamin Blackstone

An attorney and a [*sic*] honest man

Not two men, but one

··· 변호사 또 정직한 사람 벤자민 블랙스톤의 묘.
두 사람이 아니라 한 사람이다.

변호사는 서양에서도 다 그런가 보다. 두 사람이 묻혀있는
것이 아니라 한 사람이라고 강조한 것이 재미있다.

◎ 치과 의사

Stranger, regard this spot with gravity

Dentist Green's filling his last cavity.

135

··· 나그네여, 이곳을 엄숙한 눈으로 바라보라. 치과의 그린이
지금 마지막 벌레 먹은 구멍을 메우고 있나니

cavity는 '치아의 벌레 먹은 구멍'. 여기서는 치과의가 묻히는
묘혈(墓穴)이다.

◎ 교사

School is out
Teacher
Has gone home
··· 수업은 끝나다. 선생님은 집으로 가셨다.

◎ 노처녀 우체국장

RETURNED−UNOPENED
··· 반송(返送)−개봉하지 않았음

우편 용어 두 개만을 새겼다.

◎ 바이올린 주자

On the 22nd of June
Jonathan Fiddle
Went out of tune
··· 6월22일 조나단 피들은 소리가 끊겼다.

고인의 성 Fiddle은 보통명사로는 '바이올린'이라는 뜻이다.


묘비 앞의 단상

Fiddle이 죽은 것은 곧 바이올린 소리가 멈춘 것이다.

　고인의 성명을 가지고 익살을 부린 묘비명의 예는 다음에도 있다.

◎ 어떤 채무자

　　Owen Moore
　　Gone away
　　Owing more
　　Than he could pay
　　··· 오언 무어 가시다. 갚을 수 없을 만큼 많은 빚을 지고

　제3행은 물론 제1행의 고인 이름의 말장난(pun)이다.


　다음은 먼저 간 아내의 묘비명들이다. 여기서 보는 심술궂은 내용으로 생전에 단단히 골탕먹은 남편들의 모습이 훤히 보인다.


　　Anna Wallace
　　The Children of Israel wanted bread
　　And the Lord sent them manna.
　　Old Clerk Wallace wanted a wife
　　And the Devil sent him Anna.
　　··· 애나 월러스의 묘. 이스라엘 자손들이 빵을 원하니 하나님
　　　을 그들에게 만나를 보냈다. 사무원 월러스가 아내를 원하
　　　니 악마가 그에게 애나를 보냈다.


137

Here lies Elizabeth, my wife for 47 years, and this is the
first damn thing she ever done to oblige me.

> ··· 여기 47년간 나와 함께 산 아내 엘리자벳이 누워있다. 그
> 리고 그녀의 죽음은 그녀가 처음으로 나에게 고맙게 해 준
> 일이다.


Here lies my wife in earthly mould
When she lived did naught but scold:
Good friends go softly in your walking
Lest she should wake and rise up talking.

> ··· 여기 이 흙 무덤 속에 나의 아내 잠들다. 그녀는 생전에
> 하느니 잔소리뿐이었노라. 벗들이여, 이곳을 고요히 걸어
> 갈지어다. 그녀가 잠을 깨어 다시 입을 열지 않도록.


◎ 생전에 바람을 피웠던 남편의 무덤에 아내가 새긴 비명

Gone but not forgiven

> ··· 갔노라. 그러나 용서하지는 않노라


◎ 어떤 남편의 묘비명

Rest in peace—Until we meet again

> ··· 고이 잠드시라. 우리 다시 만날 때까지

천국에서 다시 만날 것을 기약하는 아름다운 부부애를 담은
것이겠지만 어떻게 보면 다시 만날 때엔 또 혼내주겠다는 말같

이 들리기도 한다.

◎ 젊은 미망인

Sacred to the memory of my husband John Barnes who died January 3. 1803

His comely young widow, aged 23, has many qualification of a good wife, and yearning to be comforted

··· 나의 남편 존 반즈를 추모하여. 1803년 1월 3일 서거.
그의 23세의 아름다운 미망인은 좋은 아내가 될 자격을
충분히 갖추었음. 위로하여 주실 분 환영합니다요.

위는 어떤 젊은 미망인이 남편의 묘비에 쓴 것. 아무래도 이 여자는 오래 수절하지는 못했을 것 같다.

◎ 억척 같은 젊은 미망인

Sacred to the remains of Jonathan Thompson
A pious Christian and affectionate husband
His disconsolate widow continues to carry on his grocery business at the old stand on Main Street.; Cheapest and best prices in town.

··· 경건한 기독교인이오 다정했던 남편 조나단 톰슨을 추모
하여, 고인의 비탄에 잠긴 아내는 중앙로의 예전 가게에서
식료품상을 계속합니다. 시내에서 최저가격!

이것도 광고를 겸하고 있지만 이 미망인은 그래도 가족들을



묘비명의 유머(2)

먹여 살려야겠다고 단단히 결심하고 있는 것 같아서 마음 든든
하다.

◎ 애연가

다음은 일본의 어떤 미망인이 애연가였던 남편을 위하여 세운 것이다. 이것은 전부 미망인이 고안해 낸 것이다. 향로는 재떨이가 되고 불을 붙인 향은 지금 타고 있는 담배가 된다. 캔맥주의 캔을 본떠 만든 것이 꽃병 대신이 되어있고 왼쪽에 있는 촛대는 라이터가 된다. 미망인이 가장 머리를 쓴 것이 묘석 본체라 한다. 남편이 항상 피우던 마일드 세븐을 그대로 본뜬 디자인이다. 잘 보면 **MILD SEVEN**은 **MILDHEAVEN**으로 되어있다. 멋있는 묘비이다.

◎ 상품 광고 묘비명

1. 여기에 L표 치약 덕분으로 한 개의 이빨도 빠지지 않은 사나이가 잠들고 있다.
2. 여기에 N표 샴푸를 애용함으로써 머리칼하나 빠지지 않은 사나이가 잠들고 있다.

3. R콘돔 덕분으로 이 무덤에는 아무도 없다

◎ 웨이터

GOD FINALLY CAUGHT HIS EYES.

···그는 마침내 하나님과 눈을 마주쳤네

음식점에서 웨이터가 이쪽을 보지 않아서 빨리 불러오지 못할 때가 많다. 위의 경우는 하나님께서 부르는 것에 성공했다.

◎ 생전에 성생활에 불만이 많았던 부부

아내의 무덤 위에

···겨우 그 몸이 식었군

남편의 무덤 위에

···겨우 빳빳해졌네

◎ 비명에 간 사람들의 희한한 묘비명들

다음은 26세에 죽은 엘런 샴논의 묘비명. 여기에는 강렬한 소비자 고발 정신이 발휘되고 있음을 볼 수 있다.

Who was fatally burned
March 21, 1870 by the explosion of a lamp
Filled with "R.E. Danforth's NonExplosive Burning Fluid."

···1870년 5월 21일 댄포드 사(社)의 비폭발성 연료가 든 램
프의 폭발로 치명적인 화상을 입고.

## ◎ 성미가 몹시 급했던 사람

Harry Edsel Smith

Born 1903~Died 1942

Looked up the elevator shaft to see if the car was on the
way down.

It was.

   ··· 해리 에드셀 스미스 1903년 생 1942년 사망. 엘리베이터
가 내려오나 보려고 승강기 통로 속을 올려다보다가 진짜
엘리베이터가 내려오는 바람에 그만—


## ◎ 서부의 사나이

Here lays Butch

We planted him raw.

He was quick on the trigger

But slow on the draw.

   ··· 여기 부치가 누워있다. 우리는 그를 방부 처리도 않고 묻
었다. 그는 방아쇠 당기는 것은 빨랐지만 총을 빼는 것이
느려서 죽고 말았다.


## ◎ 구두쇠

At rest beneath this slab of stone

Lies stingy Jimmy Wyatt;

He died one morning just at ten,

And saved a dinner by it.

142

묘비 앞의 단상

· · · 이 돌 밑에 구두쇠 지미 와이야트 잠들다. 그는 어느 날 아침 10시에 죽었으니 점심 한끼를 아낄 수 있었노라.

◎ 무신론자

Here  lies  an  Atheist

All  dressed  up

And  no  place  to  go.

· · · 여기 한 무신론자가 있다. 옷은 차려 입었으나 갈 곳이 없구나.

◎ 어떤 노인

P.S.  The  old  nuisance.

· · · 추신 : 귀찮은 늙은이

그는 사위가 자기를 '귀찮은 늙은이'라고 말하는 것을 엿듣고 자기 묘석에 이렇게 새겨달라고 했다. 세상에는 귀가 밝고 또 복수심이 강한 노인들이 많으니 젊은이들은 조심할 일이다.

◎ 엄살꾸러기 환자

I  told  you  I  was  sick!

· · · 내 정말 아프다고 했잖아!

몸에 대해서 항상 지나치게 신경을 쓰고 여기가 아프다 여기가 이상하다고 엄살을 부리던 사람이 죽었다. 그의 묘비에는



묘비명의 유머(2)

이번에도 엄살이려니 하고 상대를 않던 주위 사람들, 특히 의사를 원망하는 말이 새겨져 있다.

◎ 102세까지 살다 간 사나이

> Here lies
> Ezekiel Aikel
> Age 102
> The good
> Die young.

··· 여기 Ezekiel Aikel 잠들다. 향년 102세. 선한 자는 젊어서 죽는 법이니라.

장수도 좋지만 너무 오래 사는 것도 문제인 것 같다. 죽어서도 이런 소리를 듣게 되니.

# 오자의 세계(1)

단테는 어느 날 아침 호화장정으로 된 『神曲』이 배달되어 식탁 위에 놓여 있는 것을 보자 매우 흐뭇해하는 표정을 지었다. 그러나 책장을 몇 장 넘기자마자 얼굴이 잔뜩 찌푸려지고 그 후 일주일 동안 줄곧 불쾌해했다고 한다. 프랑스의 어떤 작가는 자기가 가장 아끼는 작품 속에서 백 군데가 넘는 오자(誤字, typographical error)를 발견하자 그만 화병이 나서 죽어버렸다고 한다.

이렇듯 오자는 글을 써서 발표하는 이들에게는 많은 불쾌감을 안겨주고 활자미디어에 종사하는 이들, 특히 교정자들에게는 잠시도 마음을 놓을 수 없게 하는 불안하고 무서운 괴물이다. 그것은 최악의 경우 회사 자체가 큰 타격을 받게 될 수도 있기 때문이다. 이것은 결코 과장해서 하는 말이 아니다. 실제로 오자 하나 때문에 신문이 폐간되고 출판사가 망하는 일이 있었던 것이다.

그러나 오자가 때로는 대단히 매력 있는 것이 될 수도 있다. 즉, 의도하지 않은 유머라고 할까, 사람이 머리를 짜서 만들어

내려 해도 도저히 불가능할 묘한 농담이나 신랄한 풍자가 되어 주는 것이다. 또 어떤 것은 맞는 것보다 더 진실을 말해주기도 한다. 이런 오자의 걸작들을 만나면 우리는 유쾌한 기분이 되고, 참 버리기 아깝다는 생각이 들게 된다.

박갑천 저 『오자의 세계』(행림출판사)에는 우리나라 신문에 난 오자들을 풍부하게 모아놓고 있다. 그 일부를 옮겨본다.

⚙ 금반(今般) 귀국(貴國)의 승인(承認)에 대하여 심심(甚深)한 적의(敵意)를 표하는 바입니다.

  ⋯ 물론 적의(敵意)는 경의(敬意)의 잘못

⚙ 명일(明日) 본지(本紙) 휴형(休刑)

  ⋯ 휴간(休刊)의 잘못

⚙ 남녀대학생들의 좌담회 기사에서 여학생의 발언 "그러니까 어른들이 저희들을 좀 포옹해 줬으면 해요."

  ⋯ 포옹은 포용의 잘못

⚙ 창부일언이 중천금

  ⋯ 장부(丈夫)가 창부(娼婦)로 되었다. "요즘 고급 창부야 한 마디가 천금이고 말고…" 이건 저자 박갑천 씨의 코멘트.

⚙ 데뷔하자마자 해산(解産) 소동… 루비·시스터즈

  ⋯ 해산(解散)의 잘못

146

✪ 신판례(新判例) 축첩(畜妾)은 불법이다.

  ··· 蓄妾의 잘못

✪ 김○○양 오늘 華觸

  ··· 華觸은 화려한 접촉이란 뜻일까-저자. 물론 華燭의 잘못

✪ 强勳-白仁天

  ··· 張勳 선수는 일본 프로야구에서 23년간 활약하면서 생애 통산 타율 0.319로, 3천 타수 이상에서는 3위, 7천 타수 이상에서는 1위를 기록한 강타자였다. 張勳보다는 强勳이 더 맞는 것 같은 기분이 들지 않는가.

✪ 6.25로 破孃된 …

  ··· '破壞된'의 잘못. 정말로 그때 군대들이 밀치락달치락하는 사이 숱한 처녀(孃)가 '깨지기(破)'도 하긴 했다-저자

사람의 마음에 동서양의 차이가 있을 수 없으니 서구 사람들도 이런 오자들을 보면 무척 재미있는 모양이어서 이런 것들을 수록한 책들을 가끔 본다. The New Yorker지는 도시의 세련과 우아(優雅)를 모토로 하는 지식인 대상의 고급 잡지이지만, 한때 매호 오자의 유머를 서비스하는 것으로 유명했다. 즉, 기사의 여백을 신문이나 그 밖의 간행물에 나온, 오자가 있는 글들과 본의 아니게 웃음을 낳게 된 글들로 메웠던 것이다.

The New Yorker를 비롯하여 Willard R. Espy의 'The Game

of Words', 'Fun Fare : A Treasury of Reader's Digest Wit and Humor' 등의 자료에 의해서 이하 영어 오자의 세계를 보자.

## 다음은 어떤 소도시의 신문에 게재된 정정 기사

- Our paper carried the notice last week that Mr. John Jones is a defective in the police force. This was a typographical error. Mr. Jones is really a detective in the police farce.

- … 지난 주에 Jones 씨가 경찰의 defective(심신에 결함이 있는 자)라고 한 것을 바로잡겠다고 하면서, 이번에는 Jones 씨는 사실은 '경찰 광대극(farce)'의 형사라고 다시 죽을 쑤고 있다. 다시 한번 정정 기사를 내야 할 판이다.

## 어떤 교회의 주보에 실린 광고

- 'Change Your Wife Through Prayer' will be the sermon subject Sunday.

- … '기도를 통해서 아내를 바꾸라'가 다음 주일 설교 제목입니다. 라니, 하나님께서 그런 불순한 기도에 귀를 기울이실까? wife는 life의 오자이다.

- Mrs. John King entertained the members of the Friday boob club.

- … '금요 독서 클럽'이 '금요 바보 클럽'이 되었다. 또 boobs는 속어로 '유방'이어서 이 뜻까지 연상된다.



묘비 앞의 단상

✪ Early yellow peaches and apples are being marketed by local fruit stores. oGod prices are being received, farmers said.

　• • • good이 oGod으로 잘못된 것. 이 고장 농부들이 oGod price '오 하나님 값'을 받았다고 한다면 그건 어떤 값일까? 엄청나게 비싼 값일 게다.

✪ The bishop was seen off at the station by a large crow.

　• • • 주교님은 무척 인심을 잃었나 보다. 큰 까마귀 한 마리밖에 전송하러 나오지 않았으니. crowd의 d가 빠지는 바람에 주교님을 우습게 만들어버렸다.

✪ Passengers in several lifeboats sank to pass the time.

　• • • sank는 sang의 잘못. 구명보트에 탄 조난자들의 운명이 어쩐지 불길하게 여겨지는 오자이다.

✪ My wife is passionately fond of flowers, and I always give her a punch on her birthday.

　• • • 아내의 생일날 꽃다발(bunch)을 선물하는 다정한 남편을 아내에게 punch를 먹이는 폭력 남편으로 만들어 놓았다.

✪ It is proposed to use this donation for the purchase of new wenches for our park as the present old ones are in a very dilapidated state.

　• • • 문자 그대로 옮긴다면 '현재 쓰고 있는 wenches(=prostitutes, 창녀)는 노후 상태에 있으니까 이 기부금은 새것들

149

오자의 세계(1)

을 사는 데 쓰자는 제의가 나와있다'가 된다. 정말 이런 제의를 한 사람이 있다면 그는 매춘 조직을 가진 암흑가의 보스일지도 모른다. 위 글의 wenches는 benches가 잘못된 것.

○ The fifth grade chorus sang 'Nobody Knows the Trouble I've Been'.

‥‥혹인영가 "Nobody Knows the Trouble I've Seen"(아무도 내가 겪은 괴로움을 모르네)의 Seen이 Been으로 잘못됨으로써 이 노래는 '아무도 내가 말썽꾸러기였던 것을 모르네'가 되었다. 5학년 개구쟁이들에게는 제법 맞을 것 같은 노래다.

○ World peace, now as ever before, depends for its preservation upon them asses.

‥‥the masses의 m이 앞의 the에 가서 붙은 오식. 그래서 '세계 평화를 유지하는 것은 지금도 과거와 마찬가지로 그들 바보들에게 달렸다'가 되고 말았다. 하긴 바보들이나 정신병자 같은 정치가들 때문에 전쟁이 일어나는 경우도 많았지만.

○ Representative of teachers' organization appeared before the board to ask for a further cost-of-loving adjustment in wages.

➡ 교원 협의회의 대표들이 사랑비(費)의 인상 조정을 요구하기 위해서 이사회에 나왔다.

••• cost-of-living(생활비)이 잘못된 것. 하긴 부모, 처자 또는
제자를 사랑하든 또는 애인을 사랑하든 사랑의 비용은 필
요하다. 이사회도 호의적인 고려를 해야 할 것이다.

다음은 California의 어떤 백화점에서 고객들에게 띄운 편지의
일절이다.

◎ Although hundreds of letters and telephone calls come
each day, we fake a personal interest in each one.

••• 문장 그대로 옮긴다면 '매일 많은 편지와 전화가 옵니다만
저희는 그 하나하나에 대해서 친근한 관심을 가장(假裝)합
니다'처럼 들린다. 물론 이것은 take가 fake로 잘못된 것.
그러나 백화점 같은 데서 '친근한 관심을 갖고 있습니다'
하는 말을 정말이라고 믿는 사람도 있을까. 역시 '친근한
관심을 가장합니다'가 오히려 솔직한 말일지도 모르겠다.

151

오자의 세계(1)

# 오자의 세계(2)

어떤 신문의 표제(標題)

　◎ NEW ORLEANS POLICE WARM STRIP-TEASERS.

　　‥‥ warm은 warn(경고하다)의 실수이다. 그러면 그렇겠지. 경찰이 스트립 쇼를 하는 아가씨들을 warm(따뜻하게 해주다, 흥분시키다)해서야 쓰나.

◎ Our System 6 is 100% error-free. It is an electronic impossibility for it to make a typographical error. Also it can never experience 'fatique' - as a secretary often has been known to experience.

　➡ 우리 회사의 제품 System 6은 100% 미스가 없습니다. 전자식으로 되어 있으므로. 이것이 오자를 낸다는 것은 불가능합니다. 또 이것은 비서가 흔히 겪는 것으로 알려진 fatique를 모릅니다.

　　‥‥ fatique는 fatigue(피로)가 잘못된 것이다. System 6이란 아마 전자식 타이프라이터인 모양이지만 이것이 절대 오자가 없다는 광고에 오자가 나고 말았다. 이 광고가 System 6이 만들어낸 것이 아니기를 빈다.

152

묘비 앞의 단상

✪ I personally enjoy your paper as much as my husband.

  ··· 이것은 어떤 부인이 신문사에 보낸 편지의 일절이다. 마지
  막에 does가 있어야 했다. 그것이 없는 이 문장은 '저는
  저의 남편을 즐기는 것만큼 귀지(貴紙)를 즐깁니다요'가
  되지 않는가.

✪ The doctor felt the patient's purse, and admitted that there
  was nothing he could do.

  ➡ 의사는 환자의 지갑을 만져보고 자기로서는 아무 것도 할
  수 없다고 인정했다.

  ··· pulse(맥박)가 purse로 잘못되었다. 하긴 환자의 맥박보다
  는 지갑 사정에 관심이 더 많은 의사도 많지.


어떤 신문의 사교란(society column)에 난 기사

✪ Mr. and Mrs. Charles L. Thompson and Mr. and Mrs.
  Russell Hartwick of Tampa will entertain at open house
  Sunday, from three until tight.

  ➡ Thompson 씨 내외와 Hartwick 씨 내외는 일요일 개관 행
  사에서 3시부터 tight(취하다)할 때까지 손님을 대접할 것
  입니다.

  ··· 술꾼들깨나 모여들 것 같은 기사다. tight은 물론 eight이
  잘못이다.


House & Gardens의 한 기사에서

✪ Nothing gives a greater variety to the appearance of a

153

house than a few undraped widows.

→ 몇 명의 옷을 벗은 과부들만큼 집의 외관에 변화를 주는 것은 없다.

… 글쎄, 그런 과부들이 있다면 변화가 생기기는 생기겠지만…. 물론 undraped windows '커튼을 치지 않은 창들'이 잘못된 것이다.

○ Your widows need cleaning. Would you like me to do them for you?

… widows가 또 말썽이다. '당신의 과부들은 닦을 필요가 있습니다. 제가 해드릴까요?', 여기서도 windows가 widows로 잘못되었다.

○ Mr. and Mrs. Wally Burman of Sioux Falls have just arrived at the Lindau home where they will be housepests for several days .

… Lindau 씨네 집에서 며칠간 묵게 될 Burman 씨 내외는 명색은 houseguests(빈객)이지만, 사실은 pests(=nuisances, 귀찮은 사람들)일지도 모른다.

○ Watch out for the pancake supper sponsored by the Mikana Ladies' Aid.

→ Mikana 부인 자선회가 주최하는 팬케이크 만찬에 조심하십시오.

… 왜 조심하라는 걸까? 이건 아마 엄청난 돈을 빼앗기게 될 테니까 그렇다는 걸까? watch out for는 watch for '기대



묘비 앞의 단상

하시라'의 잘못.


## 다음은 부동산 광고

⊙ You can't heat this one — nine rooms and two-bath home.

➡ 방 9, 욕실 2, 난방은 할 수 없음.

··· 집이 워낙 크니까 난방이 잘 안되겠지만 이런 광고로야
어디 집이 팔리겠나. You can't beat this one—'이 이상의
집이 있을 수 없다'의 beat이 heat으로 잘못된 것

⊙ Joan of Arc was the daughter of very poor pheasant.

··· 이대로라면 잔다르크는 매우 가난한 꿩의 딸이 되고 만다.
pheasant는 peasant가 잘못된 것.

⊙ You'll find it for sure with the US Army. At no expense,
you'll get the finest medical and dental scare.

··· '미 육군에 입대하면 최고로 훌륭한 의료와 치과 치료를
무료로 받을 수 있습니다'가 본래 의도했던 문장. 그런데
care가 scare로 잘못되어 '의료상 치과상 최고의 공포를 맛
보게 될 것이다'의 뜻처럼 되고 말았다. 이 글은 무료인
대신에 거친 것일 수도 있는 군대의 치료라는 데 묘미가
있다.

⊙ She stood at the foot of the stairs, narrowing her eyes and
breathing her hips.

➡ 그녀는 눈을 가늘게 뜨고 엉덩이(hips)로 숨을 쉬면서 계



오자의 세계(2)

단 아래쪽에 서 있었다.

··· 숙녀에 대해서 대단히 실례가 되는 실수다. hips는 lips의
잘못이다.

## 다음은 구직 광고

☺ Wanted, a situation as governess by a young lady aged 26
for three years.

➡ 가정교사의 자리를 구함. 3년간 26세의 여성.

··· 26세라면 아직 그렇게 나이를 속이지 않아도 될텐데. 이
글은 governess 다음에 for three years를 넣었으면 '기간
3개년간으로'가 되어 문제가 없었을 것이다.

☺ The Mayoress and her daughter both appeared in short
pants which they filled to perfection.

➡ 시장 부인과 따님은 짧은 바지로 나타났지만 그 바지는 팽
팽해서 당장 터질 것만 같았다.

··· 이 글은 parts가 pants로 잘못된 것으로 본래의 의도는 '극
중의 짧은 역을 완벽하게 해냈다'는 것이다. 이 실수도 실
례가 이만저만이 아니다. 시장 부인과 따님께서 얼마나 속
이 상했을까.

☺ In spring lambs can be seen gambling in the fields.

➡ 봄에는 양들이 들에서 도박을 하는 것을 볼 수 있다.

··· 양들도 도박을 한다니 세상은 말세다. gambling은 gam-
boling '뛰놀다'가 잘못된 것

지금까지는 문자들의 미스였으나 행(行) 단위의 미스도 가끔 있다. 다음은 미국의 어떤 잡지의 유쾌한 미스이다. 조판 과정에서 두 개의 기사가 하나로 묶여지는 바람에 희한한 것이 되고 말았다.

> ◉ 성 앤드류교회의 사제(司祭) 제임스 톰프슨 씨는 일요일 마지막 설교를 했다. 사제는 떨리는 목소리로 신도들에게 사제직의 격무 때문에 건강이 악화되어 의사가 프랑스로 휴양을 떠나라고 명했다고 했다. 열띤 설교가 끝난 후(여기서 혼란과 실수가 발생했다. 이제부터 나오는 '그'는 사제가 아니라 말이다.) 서둘러서 출발했다. 베네피로(路)를 가자 장난꾸러기 소년들이 그를 붙잡고 꼬리에 찌그러진 냄비를 매어달았다. 엉덩이에 그것을 매단 채 그는 비틀거리며 달려갔다. 그것을 본 경찰관은 그가 미쳤다고 생각하고 권총으로 사살했다.

다음은 성서에 나타난 유명한 오자들이다. 하나님의 말씀을 기록한 이 거룩한 책에 이상한 실수가 나타났을 때 얼마나 큰 말썽이 났겠는가는 상상이 가고도 남는다.

어처구니없는 실수로 후세에 명성(?)을 남긴 판(版)이 옛날부터 많지만 그 중 첫째로 꼽을 것은 사악 성서(邪惡聖書, The Wicked Bible)라고 하는 것이다. 10계명으로 유명한 출애굽기 20 : 14의 Thou shalt not commit adultery.의 not이 빠져서 '그대 간음할지니라'가 되고 말았다. 1931년에 런던에서 간행된 이

157

판은 전부 불에 태워지고 출판업자는 300파운드의 벌금을 물고 결국 망해버렸다.

불의성서(不義聖書, The Unrighteous Bible, 1653)라는 것도 있다. 이것도 역시 고린도전서 6 : 9에서 shall 다음에 not이 빠져서 Know ye not that the unrighteous shall inherit the Kingdom of God. '사악한 자가 하나님의 나라를 차지하리라는 것을 모르느냐?'가 되어 버렸다. 악한 자가 천당을 차지한다니 이것도 이만저만한 실수가 아니다.

이 밖에 The Lion Bible(1804)이라는 것도 있다. 이것은 열왕기 상 8 : 19의 thy son that shall come forth out of thy loins. '너의 허리에서 태어날 너의 아들이'에서 loins가 lions로 잘못되어 '너의 사자에게서 태어날 너의 아들'이 된 것. 또 1717년의 Oxford 판은 누가복음 20장의 제목이 The Parable of the Vinegar(식초의 비유)가 되어 The Vinegar Bible이라는 별명이 붙었다. 이것은 vineyard(포도원)이 잘못된 것이다. 1805년의 Cambridge 판은 활판공에게 지시하기 위해서 to remain(이대로 둘 것)이라고 연필로 적어 넣은 것이 그대로 본문 속에 들어가서 The To-remain Bible(이대로 둘 것 성서)이라는 속칭이 생겼다.

이러한 것들보다 더 유쾌한 것은 인쇄업자 성서(The Printer's Bible, 1702)라고 하는 것이다. 이 판에서는 princes가 printer's로 바뀌고 말았다. 그래서 시편 119 : 161의 '권세가들이 나를 까닭 없이 박해하오나'가 '인쇄업자들이 나를 까닭 없이 박해하오


묘비 앞의 단상

나’가 되고 말았다. 혹시 이 실수는 주인에게 까닭 없이 박해 당한 printer's devil(인쇄소의 견습공 : 손이나 얼굴에 인쇄 잉크가 잔뜩 묻은 데서 생긴 말)이 주인을 골탕 먹이기 위해서 고의로 만들어낸 건 아닐까?

# 엉뚱하게 튀는 말들, Malapropism

Sheridan(1751~1816)의 희극 『Rivals』에 등장하는 여인 Mrs. Malaprop은 유식한 체 하면서 틀린 말을 줄곧 입 밖에 내는 것으로 유명하다. 이런 말들은 처음부터 그녀가 잘못 알았거나 제대로 기억하지 못한 것들이다.

우리 주위에서도 '일장일단'을 '일장이막'이라고 하거나 '막역한 사이'를 '막연한 사이'라고 하는 따위, 잘못된 말을 입 밖에 내는 사람들을 가끔 보게 되는데 이런 말의 오용을 mala-propism이라고 한다.

Mrs. Malaprop은 시시한 자기 이야기를 잘 알지도 못하는 어려운 단어로 장식한다는 지적을 받자 다음과 같이 반박한다.

⊙ Sure, if I reprehend anything in this world, it is the use of
  my oracular tongue, and a nice derangement of epitaphs
  ➡ 그럼요. 제가 꾸짖는 것이 있다면 그건 저의 엄숙한 말을
    사용하는 것이고 또 묘비명을 멋있게 혼란시키는 것이에요.
  ···reprehend '꾸짖다, 나무라다(blame)' oracular '신탁(탁선)의,
    엄숙한' derangement '교란, 혼란, 발광' epitaph '묘비명'



묘비 앞의 단상

그녀가 본래 의도한 문장은 다음일 것이다.

- ❂ Sure, if I apprehend anything in this world, it is the use of my vernacular tongue, and a nice arrangement of epithets.
  - ➡ 내가 이 세상에서 아는 것이 있다면 그건 모국어를 사용하는 법과 수식어를 멋있게 배열하는 것이에요.

다음도 Mrs. Malaprop의 실수들이다.

- ❂ Illiterate him, I say, quite from your mind!
  - ··· illiterate(글자를 모르는, 읽기 쓰기를 못하는 무식한, 문맹의). obliterate(지우다)를 잘못 쓴 것이다. 본래의 의도는 '마음속에서 그의 생각을 지워버리라니까요.'

- ❂ as headstrong as an allegory on the bank of the Nile
  - ··· headstrong '완고한, 고집센' allegory '풍유, 우화, 비유한 이야기' allegory 자리에는 alligator '악어'라는 단어가 들어가야 하겠다. 말하려는 의도는 '나일강 둑의 악어처럼 고집이 세다'.

- ❂ A progeny of learning
  - ··· A progeny of learning는 A prodigy of learning(신동)의 실수이다. progeny는 '자손, 후계자, 결과'의 뜻이다.

- ❂ Make no delusions to the past

161

Mark Twain은 적절한 단어와 비슷하게 적절한 단어는 번개와 반딧불만큼이나 차이기 있다고 했다. 그러나 비슷하게 적절한 단어도 malapropism에 비하면 훨씬 나은 것이라고 하겠다. malapropism은 이렇게 지위가 낮은 것이기는 하나 이것조차도 번개가 되어 온 하늘을 밝혀주지는 못한다 해도 그 나름으로 사물의 정체나 본질을 밝혀주는 경우가 있다. 가령 실수로 civil servants(공무원들)를 civil serpents라고 한 사람은 관리들이나 관료주의에 대하여 오랫동안 가슴속에 품고 있었던 분노가 저절로 그렇게 표현된 것일 수도 있다. serpent는 '뱀'이라는 뜻이다.

Familiarity breeds attempt.라는 잘못된 말은 또 어떤가. 본래의 표현은 Familiarity breeds contempt.인데, 이건 '친하게 되면 우습게 보게 된다'는 뜻이다. 위대한 인물과도 너무 가깝게 지내게 되면 전혀 위대해 보이지 않는다고 한다. 그래서 권력자는 별 수가 없었던 자기의 과거를 잘 아는 사람을 피하려 한다. 예언자는 고향에서는 환영을 받지 못한다는 성경의 말도 이것이다. 위의 글에서처럼 contempt 대신 attempt가 되면 '친하면 수작을 걸어오려고 한다'의 뜻으로, 가령 여대생들은 좀 친해지면 남학생들이 이런 경향을 보이는 것을 경험했을 것이다.

위에서는 주로 문학 작품 속에 나오는 malapropism을 보았으나 현실 생활에서도 malapropism은 종종 나타난다. 전자의 경우는 한 문장 속에 틀리는 말이 몇 개나 나오는 경우가 있지만 후자에 있어서는 한 기사에 하나, 한 번의 발언에 하나의 실수가 나오는 것이 보통이다. 현실 생활에서의 예들을 보기로 하자.

○

어떤 신문은 윈저공의 부인을 가리켜 a grievous widow라고 했는데, grievous는 '슬프게 하는, 슬퍼할, 한탄스러운'이라는 뜻이다.
슬퍼하는 미망인은 'a grieving widow'이라 해야 할 것이다.

○

백 권 이상의 책을 쓴 Isaac Asimov에 관한 기사에서 'He attributes his profligacy to the fact that he can type 90 words a minute.'(그는 자기의 다산성은 일분에 90자를 타자할 수 있다는 것에서 나온다라고 했다) profligacy는 '방탕, 낭비'의 뜻이다. prolificity로 해야 한다.



엉뚱하게 튀는 말들, Malapropism

❁

Teddy Kennedy에게 대통령으로 출마할 것을 권했느냐는 질문을 받은 민주당의 어떤 정치가는 'I haven't made any ovations to him, and he hasn't any to me.'라고 했는데 ovation은 '(만장의) 갈채'라는 뜻이다. 여기서는 overtures(제의)를 써야 맞겠다.

❁

Kennedy 대통령 시절의 백악관 대변인이었던 Piere Sallingers는 Kennedy 대통령을 vociferous reader라고 말했다. vociferous는 '큰소리로 외치는, 떠들썩한'의 뜻이다. voracious '탐욕스러운, 매우 열심인(=avid)'이 맞는 말이다.

❁

옛 소련의 외상이었던 Andrei Gromiko는 'A lot of water has flown under the bridge since the war.'(전쟁 후에 다리 밑을 많은 물이 흘러갔다. 세월이 많이 흘렀다)고 했는데 이대로라면 '많은 물이 다리 밑을 날아갔다'가 되고 만다. 그는 '흐르다(flow)'의 과거분사는 flowed임을 잊었던 것 같다.

영화 '카사블랑카'에서도 Rick(Humphrey Bogard)이 경영하는 술집에 옛 애인 Elza(Ingrid Bergman)가 찾아왔을 때 Rick의 친구인 흑인 Sam이 이 표현을 쓰는 장면이 나온다.

　　어떤 아내가 남편 자랑을 늘어놓고 있다. "My husband is a marvelous lover … he knows all the erroneous zone."(우리 그이는 침대에서는 정말 그만이예요. 성감대는 죄다 알고 있어요.) 성감대는 erogenous zone이다. erroneous는 '잘못이 있는, 잘못된'의 뜻. erroneous zone이라고 하면 아내의 성감대를 잘못 알고 있는 것 같은 느낌을 준다.

　　내국세입청장 Johnnie Walters는 소득세신고 안내서에서 spouce '배우자'라는 단어를 사용하지 않기로 했다고 말했다. 왜냐하면 많은 사람들이 이 단어를 '분수'라는 뜻으로 알고 있기 때문이다. '분수'는 spout 이다.

　　라디오의 sportscaster인 Jack Buck과 대담을 하고 난 강타자 Yogi Berra는 사례금으로 25달러 수표를 받았다. 그것을 살펴보자 그는 이렇게 투덜댔다. "재크, 도대체 자네는 나와 알고 지낸 지가 하루 이틀인가? 내 이름 철자를 이렇게 틀리다니." 수표에는 수취인으로 Bearer(지참인)라고 쓰여있었다. 그는 Berra를 이렇게 쓴 줄 알았던 것이다.

165

다음에서 malapropism을 찾아보고 맞는 말로 바꿔보자. 쉬운 것이 아니니까 잘 안 된다고 해도 실망할 필요는 없다. 반 정도 정답을 안다 해도 당신의 어휘 실력은 대단하다 할 것이다.

1. He communicates to work.

2. No phonographic pictures allowed.

3. We arrives at our predestination.

4. Be it ever so hovel, there's no place like home.

5. I was down on the lower east side today and saw those old Testament Houses.

6. Relapse and enjoy it.

7. The English language is going through a resolution.

8. I was so surprised you could have knocked me over with a fender.

9. Now that we have teen-agers, we've been renegaded to the back seat.

10. Everything is going to rot and ruin.

11. A wealthy typhoon

12. My father is retarded on a pension.

13. White as dripping snow

14. He uses millinary brushes and my sister uses massacre on her eyes.

15. I refused to tell him who I was — I used a facetious
name.

16. The food in that restaurant is abdominal.

17. Explain it to me in words of one cylinder.

18. Congress is still in season.

19. In all my bored days

20. All of Abe Lincoln's pictures make him look so thin and
emancipated.

21. He used biceps to deliver a baby.

22. We are all cremated equal.

23. I was so hungry that I gouged myself.

24. The doctor said it was desirous to stop smoking.

25. Cheer up; I predicate final victory.

26. His capacity for hard liquor is incredulous.

27. This does not portend to be a great work of art.

28. Your contemptuous treatment of me is a great humility.

29. Fortuitously for her, she won the sweepstakes.

30. His inflammable speech set off a riot.

31. ···from infancy to adultery



엉뚱하게 튀는 말들, Malapropism

1. '정기권 회수권으로' 통근하다는 commute이다. 이 문장에서 work는 go to school의 school과 마찬가지로 명사이다.

2. 외설적인 그림은 여기서 볼 수 없음. phonographic(축음기의) → pornographic

3. predestination(운명, 숙명) → destination(목적지)

4. hovel(광, 곳간) → humble(보잘것없는, 초라한)

5. old tenement houses(오래된 공동 주택)으로

6. relapse('원래의 좋지 않은 상태, 습관으로' 되돌아가다) → The tribe relapsed into relagse into('문명화되어 가던' 그 부족은 다시 야만 상태로 되돌아갔다). relapse → relax

7. resolution('의회, 집회 따위의' 결의, 결심) → revolution

8. fender('자동차 마차 따위의' 흙 받이) → feather('you could have knocked me over with a feather.' 깃털 가지고도 나를 쓰러뜨릴 수 있었을 것이다)

9. '뒷좌석에 밀려갔다'는 relegated가 되어야 한다. renegade는 명사로는 '변절자', 동사로는 '변절하다'의 뜻

10. '파괴되다, 황폐해지다'는 go to rack and ruin

11. typhoon → tycoon(일본어 대군(大君)을 어원으로 히는 말)

12. retarded(발달이 늦은) → retired 이 문장의 뜻은 '은퇴해서 연금생활을 한다'

13. dripping(방울져 떨어지는) → dropping

14. millinary는 military로 해야 한다. 또 눈에 massacre(학살)을 사용하면 곤란하다. mascara를 사용했겠지.

15. facetious name(익살맞은 이름)이 된다. 가명은 fictitious


묘비 앞의 단상

name이다.

16. abdominal(배의, 복부의) → abominable(지긋지긋한, 엉망
    인)
17. 한 원통(cylinder)이 아니라 한 음절(syllable)의 말
18. (국회의)개회중은 in session
19. 이 사람은 소년 시절이 몹시 따분했나 보다. bored →
    boyhood
20. Lincoln이 노예를 해방시킨 것은 사실이지만 그렇다고 얼
    굴까지 해방된 것같이 보이기야 했을까. emancipated(해방
    된) → emaciated(여윈, 쇠약한)
21. 외과용 겸자, 족집게는 forceps이다. biceps(이두근, 二頭筋)
22. cremated(화장하다, 소각하다), 화장할 때는 아무나 다 평등
    하다는 뜻인가. '우리는 모두 평등하게 창조되었다'이니까
    cremated → created
23. gouged(둥근꼴로 새기다, 구멍을 뚫다) → gorge('뱃속에' 채
    워 넣다, 게걸스럽게 먹다), gorge oneself with cake(케이크
    를 걸신들린 듯 먹다)
24. desirous(소망하는, 바라는), He is desirous of fame.(그는 명
    성을 바라고 있다) → desirable(바람직한, 소망스러운=worth
    wanting, advantageous)
25. predicate(…을 단정하다, 종종 on 이나 upon 을 동반해서(서
    술 행동 따위)를 …입각시키다) → predict
26. incredulous(의심 많은, 쉽사리 믿지 않는) → incredible(거
    짓말 같은, 놀라운)
27. portend(…을 예고하다, …의 전조가 되다, …을 예지하다=
    presage, foretell) → pretend

169

28. humility(겸손, 비하) → humiliation(치욕을 안겨주기, 모욕)

29. fortuitously(우발적으로, 우연히, 뜻밖으로) → fortunately(운이 좋게, 다행하게도)

30. inflammable(불붙기 쉬운) → inflammatory(정열, 노여움 따위를 일으키는, 격하게 하는, 선동적인)

31. ‘유년에서 성인(adulthood)으로’라고 해야지 ‘adultery(간통)’이라고 하면 되나.



묘비 앞의 단상

# 자동번역에 관하여

　컴퓨터만큼 고지식한 놈도 없을 것이다. 한 가지 수순을 틀려도, 또 주소나 키워드의 알파벳 문자 하나를 잘못 입력해도, 아니 마침표 대신 쉼표를 입력해도 바라는 결과는 나오지 않는다. 사람이라면 "아, 거기 철자가 틀렸어. n을 두 개 넣어야지 아까부터 왜 하나만 넣지?" 하고 지적해주겠지만 컴퓨터는 그렇게 하지 않는다.

　그래서 나 같은 사람은 하던 작업을 도중에 그만두게 되는 일도 있지만, 그렇다고 컴퓨터가 인간처럼 일일이 잘못을 지적해줄 정도로 지능이 발달하고 또 감정도 갖게 된다면 과연 그것이 바람직한 일일지는 의문이다. 그렇게 된다면 컴퓨터는, 나 같이 자꾸만 잊어버리고 또 쉴새 없이 실수를 하는 사람에게 처음에는 점잖게 가르쳐주겠지만 결국은 참지 못하고 "또 틀렸네, 몇 번 말해야 알겠어요?" 하고 화를 내고 말 것이다. 그러면 나는 또 "내가 머리가 좀 나쁘기로소니, 백만 원밖에 안 되는 놈이 이렇게 건방지게 굴 수가 있어?" 하고 이제 더 이상 이런 꼴 당하기는 싫다고 컴퓨터와는 영 인연을 끊으려고 할지도 모른다.

컴퓨터의 고지식하고 무식한 점은 자동번역이라는 분야에 잘 나타난다.

약 10년 전 영일 자동번역은 당시의 미국 대통령과 국무장관의 이름이었던 Bush(66) and Baker(60)를 '덤불(66)과 빵제조인(60)'이라고 고쳤다. 이건 미국 대통령과 국무장관이 누구인지를 모르고 이 단어들이 고유명사임을 몰라서이다.

또 중학생들도 아는 'Time flies like an arrow.'라는 격언도 희한하게 고쳤다. '시간 파리는 화살을 좋아한다.' 그래서 이건 틀렸다고 했더니 다음에는 Time을 동사로 해서 '화살처럼 파리를 측정하라.'라고 했다.

이 예들을 보면 이런 번역이 나오는 원인들을 알 수 있다. 그 원인의 첫째는 자동번역은 인간의 일들을 모른다는 것이오, 다음은 영어 단어가 여러 가지 뜻을 가질 수 있고 그 뜻은 상황에 따라 또는 문맥에 따라 달라질 수 있다는 것을 모르며 또 관용적인 표현에 대한 지식이 없다는 것이다. 위의 경우, 인간이 세월의 흐름에 대해서 말하고 있는 것을 모르니 flies가 파리로 되고 마는 것이다. 최근에는 '시간은 화살처럼 납니다.'라고 제대로 번역하고 있는데 이것은 전체를 묶어서 뜻을 주었기 때문일 것이다. 또 보기로 하자.

❶ A man is known by the company he keeps.


묘비 앞의 단상

❷ Lend your money and lose your friend.

➡ 당신의 돈을 빌려주십시오. 그리고 당신의 친구를 잃어주
    십시오

❸ Keep your eyes wide open before marriage and half shut

afterwards.

➡ 당신의 눈 폭투를 계속하는 것은 결혼 전에 열립니다. 그
    리고 반은 나중에 닫혔습니다.


❶에서 company는 '회사'가 아니라 '친구'이다. → '사람은
사귀는 친구를 보면 알 수 있다'

❷는 and가 '그러면 …이다' → '돈을 빌려주면 친구도 잃게
된다'

❸은 도대체 무슨 소린지 알 수 없다. 인간의 결혼에 대해서
아는 것이 없으니 이런 이상 한 것이 나올 수밖에. → 결혼 전
에는 눈을 크게 뜨고 결혼 후에는 반쯤 감아라.

다음에는 어떤 대학 교양 영어 교재에 수록되어 있던 'I
Never Went to College.'에서 한 구절을 뽑아서 자동번역을 시
켜보기로 하자.


I've taught courses in two universities, one of them a very
famous institution, indeed. Not so long ago, I was approached
by emissaries who made diplomatic overtures to ascertain

whether I should be interested in becoming dean of an important professional school in a large university.

Well, maybe that's enough to make the point that mine isn't a case of sour grapes. I shall always regret that I didn't go to college only because I know I missed some highly important things.

> ➡ 나는 2개의 종합대학교에서 진로를 가르치었습니다, 그들 중 하나 매우 유명한 시설 참으로 않는다 그렇게 오래 전에, 사자들은 다가갔습니다. 외교 수완이 있는 서곡들을 창작하였던 나는 내가 대 종합대학교에서 중요한 전문가 학교의 학장이 되는 것에 흥미가 있어야 하는지 아닌지를 확인합니다.
>
> 그런데, 어쩌면 그것 광산이 지기 싫어하기의 경우가 아닌 바늘을 만들기에 충분하다. 항상 나는 내가 약 매우 중요한 것들을 빗맞히었다는 것을 알고 있음에도 불구하고 대학으로 가지 않았던 것을 후회할 것입니다.

courses는 여기서는 '과목들'이다. institution은 사전에는 '(학교, 병원, 고아원 등의) 공공시설'로 나오지만 여기서는 그냥 '학교'라고 하는 것이 좋다.

**not so long ago**(얼마 전에) 하나의 구로 묶어서가 아니라 단어를 하나씩 고치면 '않는다 그렇게 오래 전에' 같은 이상한 번역이 되고 만다.

**who made diplomatic overtures** '외교 수완이 있는 서곡들을

창작하였던’ 참으로 걸작이다. 전후 관계로 보아 이런 말이 여기서 나올 수 있는가. overture는 여기서는 서곡이 아니라 ‘제의’이다.

‘흥미가 있어야 하는지’로 번역한 부분도 사람이라면 이렇게 고치면 말이 안 된다는 것을 알 것이다. 이건 ‘관심이 있는지(알아보기 위해서)’이다.

professional school을 ‘전문가 학교’라고 했는데 이건 무슨 학교인가? 의과대학이나 법과대학 같은 ‘전문대학원’이라고 해야 한다.

mine은 my case이다. 광산이라니 어이가 없다.

make the point는 ‘증명하다’이다. 바늘을 만들다니 이것도 걸작이다.

case of sour grapes는 이솝우화에서의 여우처럼 ‘자기가 갖지 못하는 것은 우습게 보는 체 해보이는 경우’이다.

miss는 ‘빗맞히었다’로 하면 안 된다. ‘경험하지 못했다’이다.

because I know를 ‘알고 있음에도’라니 왜 이런 번역이 나오는지 알 수 없다. → ‘알고 있다는 이유만으로도’


이 정도로 한심한 번역을 하면서도 자동번역은 자기가 아무것도 모른다는 사실을 모르니 아무리 길고 난해한 문장이라도 태연하게 고쳐 나간다. 수업 시간에 어떤 학생이 이렇게 번역하고 도중에서 못 하겠습니다 라고도 않고 줄곧 계속한다면 교



자동번역에 관하여

수는 얼마나 화를 내겠는가.

일한 번역의 경우도 보자.

일본어는 한국어와 문법이 같고, 일본어 문장에 나오는 한자들은 한글 전용 이전의 우리글의 한자들과 대부분 동일한 것들이기 때문에 영한의 경우보다는 솜씨가 좀 낫다. 그러나 관용적인 표현은 역시 제대로 처리하지 못한다.


これは"メタステイブル"という概念で説明がつくであろう。これを"超安定"と譯す向きがあるがこれは適譯ではない。

이것을 '메타스테이블'이라고 한 개념으로 설명이 도착한 것이다. 이것을 '초안정'라고 번역한 방향이 있지만 이는 적절한 번역이 아니다

つく는 '도착하다'의 뜻으로 쓰는 일이 많지만 설명이라는 말에 붙으면 이것은 '설명이 되다'라는 뜻이다.

또 向き는 방향이 맞지만 이 문맥에서는 '사람'이다. → 이것은 '메타스테이블'이라는 개념으로 설명이 될 것이다. 이것을 '초안정'이라고 번역하는 사람도 있지만 이는 적역이 아니다"

針で一突きすれば忽ちバランスは崩れ、

'바늘로 일 찌르기 하면 갑자기 밸런스는 무너지며' 바늘로 일 찌르기 하다니 이런 말이 어디 있는가. → '바늘로 한 번만 찔러도'

週刊朝日 '주간 아침해' 朝日이 고유명사라는 것을 알아야지.


묘비 앞의 단상

上司に情交をせまられた彼女は… "상사에게 친한 교제를 강요받은 그녀는…" 정교에 '친밀한 교제'라는 뜻이 없는 것은 아니지만 이것을 그렇게 생각하는 사람이 있다면 그는 바보이다. 상사가 이것을 강요할 때 여자가 친한 교제를 강요하는 것으로 이해한다면 후에 일은 복잡해질지도 모른다.

わたしたちの願いは統一 '우리의 부탁은 통일', '우리의 소원은 통일'은 일본어로는 위와 같이 되어있는데 이것을 우리말로 다시 고치니 '부탁'이 되었다.

隣で寝ていた彼が寝言をいいながら自分の足を私のお腹の上に乘せてきたのです。明かりもなく眞っ暗でした。'옆에서 자고 있던 그가 잠꼬대를 하면서 자신의 족을 나의 배의 위에 태우고 왔던 것입니다. 밝아지기도 없게 아주 캄캄하였다.'

아무리 허가도 없이 다리를 여자의 배에 올려놓는다 해도 '족'이라고 할 것까지야 있나. → '옆에서 자고 있던 그가 잠꼬대를 하면서 다리를 나의 배 위에 올려놓는 것이었습니다. 빛도 없이 아주 캄캄했습니다.'

이런 예들을 많이 보면서 자동 번역의 성능이 앞으로 많이 나아진다 해도, 이것은 사람이 하는 번역은 도저히 따르지 못하리라는 생각이 든다. 특히 문학 작품의 경우에는, 원어의 뜻이나 느낌을 제대로 이해하는 것은 물론이고, 그것을 아름다운 우리말로 독자에게 전달해야 하는데 이에는 인간의 탁월한 능력이 언제나 필요할 것이다.

177

자동번역에 관하여

# 3

인생의 음미, 책 이야기

# 산의 우편집배원과 개 이야기

『산의 우편집배원』, 펑젠민(彭見明) 지음, 오오기 야스시 역,
일본 슈에이샤 刊

중국의 중견 작가 펑젠민(彭見明, 1953~ )의 단편소설 『산의 우편집배원』을 다음에 요약한다. 이 작품은 그다지 길지 않지만 인생의 여러 가지 중요한 일들이 잘 다루어져 있어 단편소설도 이렇게 대단한 일을 할 수 있구나 하는 놀라움을 준다.

작품의 주제라 할 것은 아버지와 아들의 사랑이지만, 그 밖에 인간과 일, 인간의 성실성, 남자와 여자, 중국 오지에 사는 사람들 특히 소수민족의 생활, 인간과 개의 우정 등도 깊이 있게 또 아름답게 그려져 있다.

회상(回想)의 형식으로 되살아나는 과거가 인물들의 현재를 더 명확하게 해주고 그들을 더 흥미 있는 존재가 되게 한다. 이 수법과 대부분 스치듯이 잠깐 다루어지는 장면들과 또 짧은 언급이 상당한 의미를 가지고 있다. 이런 암시적이며 함축적인 기법은 옛날의 위대한 중국의 시인들의 기법이 현재에도 살아 있음을 말하는 것일까.

이 작품의 원제는 '那山, 那人, 那犬(저 산, 저 사람, 저 개)'이

다. 그리고 읽고 난 후에는 이 제목이 먼 산의 아름다운 저녁 노을의 이미지를 떠올리게 하는 아주 좋은 제목이라고 느끼게 된다. 이 작품은 발표 후 '전국 우수 단편소설상', '장중문(莊重文) 문학상' 등 많은 문학상을 받았으며 16년이 지난 1999년 후오젠티(霍建起) 감독에 의해서 영화화되어 중국 아카데미상의 영예를 안았다. 이 영화의 로케이션 현장은 호남성 서남부의 산악지방이다.

✿　　　　　✿　　　　　✿

　　오랜 세월 산골 사람들에게 우편물을 배달해 온 그도 이제 늙고 무릎 관절염을 앓게 되어 더 이상 일을 계속할 수 없게 되었다. 그리고 그가 하던 일은 이제 아들이 맡게 되었다.
　　오늘은 아들이 산의 우편집배원으로서 첫발을 내디디는 날이다. 이른 새벽 새도 닭도 잠에서 깨어나기 전에 아버지는 아들의 큰 얼굴을 빤히 보면서 생각한다. 너는 후회하지 않겠지? 이렇게 이른 새벽에 깨어나는 일은 하루 이틀로 끝나는 것이 아니다. 언제까지나 계속되는 것이다. 아버지는 길지는 않으나 구부러진 멜대를 가지고 와서 정성스럽게 우편물을 넣은 자루를 거기에 메었다. 아버지의 어깨 위에서 몇 십 년을 보낸 멜대가 아버지의 체온을 간직한 채 아들의 탄력이 넘치는 어깨로 옮겨졌다. 손이 아들의 어깨에서 떨어지는 순간 눈앞이 뿌옇게

182

되면서 방안의 모든 것들이 희미하게 보이고 가슴이 미어지는 것 같았다.

오늘 그는 사흘이 걸리는 백 킬로의 길을 아들과 함께 가면서 산길과 시냇물에 대해서, 마을 사람들에 대해서, 또 여러 가지 배달의 요령에 대해서 가르쳐주려 하고 있다. 아버지가 "자, 이제 가볼까." 했을 때 아버지와 아들의 손등을 푹신한 것이 스치고 갔다. 개다. 큰 갈색 개였다. 개는 벌써부터 일어나 있었고 노인이 준 밥도 벌써 깨끗이 먹어 치웠다. 개는 노인에게 달라붙어서 이 낯선 청년을 수상쩍게 보고 있는 것 같았다. 어째서 이 사람이 주인의 우편물 자루를 메고 있는 것일까. 주인의 안색은 또 왜 저렇게 좋지 않을까.

등불을 끄고 우체국의 문을 닫고 대지의 잠을 깨우지 않도록, 또 이웃 사람들의 꿈을 방해하지 않도록 개를 앞세우고 아버지와 아들은 출발했다.

한번은 지국장이 산에 도중까지 따라오더니 이렇게 말했다. "당신도 이제 늙었소." 늙었다니, 그건 또 무슨 소린가. 그런 얼마 후 불러서 가보니 산의 일은 이제 그만 두라고 통고하는 것이었다. 자스민 차를 마시고 나서 그의 어깨를 누르면서 큰 옷장의 거울 앞에 데리고 갔다. 지국장이 하라는 대로 그는 거울 속의 자기 얼굴을 보았다. 그는 '곰팡이가 낀' 자기 머리를 보았다. 그렇다. 나이는 어쩔 수 없는 것이다라고 생각했다. 지국장은 그의 바지를 걷어올리면서 부어있고 열이 나는 무릎 위


산의 우편집배원과 개 이야기

를 만졌다. 그리고 이제 그만 둘 때가 왔다 했다.

"저는 아직…"

"어리석은 소리 하지 말아요. 게다가 이건 벌써 결정이 난 일이오."

노인을 불러서 이렇게 이야기하기 전에 지국장은 이미 남몰래 아들을 불러서 신체검사를 받게 하고 필요한 서류를 내게 하고는 이미 연수도 마치게 했다. 노인은 감상적이 되지도 않았고 고집을 세우지도 않았다. 그것은 산꼭대기에 걸린 석양 같은 것으로 아무리 이별을 아쉬워한들 얼마를 더 견딜 수 있겠는가. 그는 자기의 다리를 원망했다. 이 고약한 다리는 뻐근하고 감각이 마비된 것 같으면서도 심장을 찌르듯이 아픈 것이다. 아아, 다리가 밑천인 이 일을 제대로 걷지 못해서야 어떻게 해낼 수 있겠는가. 그래서 그는 은퇴를 결심했다.

한참 산길을 오르니 안개가 차차 걷혀가고, 최후에 남은 것은 한 개의 리본 같은, 한 장의 스카프 같은 엷은 안개였다. 이 시간이 되면 산, 집, 논, 산비탈의 밭들의 모양도 뚜렷이 드러났다. 날이 샌 것이다.

평천리에서 온 아들은 얼굴에 희색이 가득해서 눈길을 논밭의 여기저기에 보내고 있었다. 그렇다. 아들에게는 모든 것이 신기한 것이다. 아버지는 아들에게 길은 좁고 길에 깐 돌은 미끄러우니 조심하라고 말하려 했다. 그러나 아무 말도 하지 않고 마음껏 경치를 보게 해주었다. 아들이 산을 좋아하도록…

184

산과 함께 일생을 보내야 하니 좋아하게 되어야지.

개는 천천히 앞을 걸어가고 있다. 노 집배원의 평소 걸음 속도였다. 지금까지는 개의 목에 가죽 끈을 매었고 가파른 언덕길에 오면 주인은 그 끈을 잡고 개는 온 힘을 다해서 주인을 끌어당겼다. 오늘 아침 우체국을 나오기 전에도 개는 여느 때나 마찬가지로 노인의 발목에 웅크리고 앉아 가죽 끈을 매어주기를 기다렸다. 그러나 노인은 개의 머리를 한번 가볍게 치면서 슬프게 말했다.

"오늘은 괜찮아. 자, 가자."

개는 고개를 들고 주인의 얼굴을 보았으나 믿을 수 없는 것 같았다. 우편물 자루가 다른 사람의 어깨에 올려진 것을 보고 나서야 천천히 일어났다. 지난 9년 동안 주인을 따라다녔고, 지금까지는 출발할 때 주인은 자기한테 뭔가 중얼거렸는데 오늘은 그것이 없다. 이 청년 때문일까. 개는 낯선 이 사나이를 미운 듯이 흘깃 보았다.

태양이 솟아 금빛으로 빛나는 산 정상의 제일 높은 바위 위에 서서 개는 건너편 산 쪽으로 크게 짖었다. 그 소리는 골짜기에 부딪쳐 이 세상에서 가장 매력적이며 가장 생기 있는 음악의 악구가 되어 있었다. 언제나 조용하고 사람에게 익숙해져서 온순한 이 개에게 이렇게 잘 울리는 목청이 있었다니. 두 귀를 곧추 세우고 고개를 들고 꼬리를 세운 이 개에게는 엄청난 위엄과 숭고함이 있었다.



산의 우편집배원과 개 이야기

"이 녀석은 산 아래 평지에 사는 사람들에게 산 저편에서 어떤 소식과 우편물이 온다는 것을 알려주고 있는 것이다." 누구에게나 기다리고 있을 때에는 단 1분도 길게 느껴지는 법이다. 이 싫은 시간을 조금이라도 짧게 해주기 위해서 개는 미리 알려주고 있는 것이다.

아버지는 건너편 산을 가리키면서 아들에게 저곳은 어떤 곳이며, 얼마만한 대대, 생산대(인민공사의 하부 조직으로 향, 촌에 해당한다)가 있으며, 그리고 배달할 필요가 있는 신문이나 잡지의 종류며 수를 가르쳐주었다. 그리고 갈영영에게 편지가 오면 귀찮아하지 말고 1.5킬로의 길을 더 걸어야하지만 직접 배달해주어라, 그는 대대의 비서와 사이가 나빠서 그 비서가 편지를 전해주지 않는다, 또 왕오는 눈이 보이지 않는데, 외지에 나가 있

는 그의 아들이 만약 돈을 송금해오면 직접 그에게 전해주어라, 작은 아들은 못된 놈이어서 전에 송금해 온 우편환을 가로챈 적이 있다.

아들은 아버지를 아주 닮았다. 웃는 것, 말하는 것, 시원시원하고 꼼꼼하게 일을 처리하는 것 모두가 꼭 아버지였다. 아버지는 그것을 기뻐했지만 산골 사람들은 더 좋아했다.

"앞으로는 아들애가 우편을 배달해요." 그러자 대대의 간부들은 모두 박수로 환영했다. 그리고 당신은 어떻게 되느냐고 물었다. 노인은 퇴직한다고는 하지 않고 "앞으로도 와요. 아들과 교대해서요." 하고 거짓말을 했다. 이때 눈시울이 뜨거워져서 서둘러 손수건을 꺼내서 콧등을 닦는 시늉으로 사람들을 속였다. 아아. 이건 괴롭고 슬픈 거짓말이다.

187

우편 주머니는 좀 비었다 싶으면 또 가득 채워진다. 우편배달원은 동시에 우편수집원이기도 해서 돌아갈 때의 짐의 무게가 40킬로그램이나 되는 일도 있었다.

이제 밤이 가까워지고 40킬로의 첫날 여정이 끝나는 갈등평(葛藤坪)에 왔을 때, 개는 산에서 쏜살같이 평지에 달려가고 한바탕 요란스럽게 짖고 나서는 흥분해서 꼬리를 흔들며 도로 달려왔다. 시냇가의 채소밭에서 한 아가씨가 괭이를 들어 올리며 밭일을 하고 있었다. 개는 붉은 옷을 입은 그 아가씨에게 다시 달려가 기쁜 듯이 주위를 돌았다. 아가씨는 허리를 펴고 맑은 음성으로 노 우체국원의 이름을 불렀다. 그리고 달려와서 아들의 짐을 받았다.

노인은 보았다. 아들의 큰 체구 앞에서, 사내답고 건강해 보이는 얼굴 앞에서, 아가씨는 수줍은 표정을 지으며 뺨이 좀 붉게 물드는 것을. 노인은 이것은 자기 아들이며 새로 집배원이 되었고 임인생(壬寅生, 1962년생)이라고 했다. 아들은 그런 건 왜 말해요 하는 듯한 시선을 아버지에게 보냈다. 그러나 그런 말을 했기 때문에 그날 밤은 크게 폐를 끼치게 되었다. 발 씻는 물, 융숭한 식사, 푹신한 이부자리. 왜 그런 말을 했지, 왜 이 아가씨의 집에 머물 필요가 있었지. 아버지는 좀 당황해하고 있었다.

아버지는 젊을 때 평천리에 배달가면 항상 어떤 큰 집에서 점심을 먹게 되었는데 이것이 계기가 되어 한 아가씨의 관심을 끌게 되었다. 아가씨는 시간을 재고는 항상 단풍나무 아래에서 그를 기다렸다. 그리고 그가 떠나는 것을 숨어서 전송했다. 그러다가 마침내 초록색 우편 자루에 한 켤레의 천으로 만든 신발과 두 개의 연꽃을 나란히 수놓은 깔개를 집어넣었다. 이 아가씨가 그 후 아들의 어머니가 되었다.

그동안 아내는 많은 고생을 했다. 남편이란 하나의 거목 같은 존재로 비바람을 막아주어야 하는 것이다. 그런데 그는 이름뿐인 남편이었다. 집에 돌아가도 손님이나 마찬가지여서 하루 이틀 묵고 오는 것이 고작이었다.

아가씨는 지금 기뻐하는 것 같다. 지난날 아버지에게 일어난 일이 아들에게 되풀이되는 것인가. 그건 아무도 모른다. 그러나 아버지는 아들이 자기와 같은 일막(一幕)을 재연하는 것을 바라지는 않았다. 물론 이 아가씨에게 문제가 있는 것은 아니다. 노인은 이 아가씨가 어릴 때부터 성장해 오는 것을 보아왔다. 아가씨의 아버지는 솜씨가 뛰어난 직공이고, 어머니는 현명한 여성이었다. 또 오랜 세월 밤에는 이 집에 묵으면서 신세진 일이 한두 번이 아니었다.

아가씨가 어릴 때 이런 농담도 했다. "너를 평천리에 데리고 가서 우리 아들의 색시로 삼으련다." 이런 때 계집아이는 그를 찌르거나 밀치거나 머리카락을 잡아당겼다. 꼭 한 번 아가씨는 정색을 하고 물은 적이 있다. "아저씨의 아들은 잘 생겼어요? 키도 커요? 아저씨 같은 성격이에요?"


산의 우편집배원과 개 이야기

그때의 아가씨의 표정이 무척 재미있었던 것을 기억한다. 노인은 농담을 계속했다.

"우리 아들놈은 구름 위의 신선같이 훌륭하단다."

아가씨는 아들의 어머니가 젊었을 때보다 훨씬 아름답고 광채가 나 보였다. 어머니는 연꽃 자수만을 알았을 뿐 낯선 사람들에게 인사도 제대로 못하고, 또 한 마디 하고는 고개를 숙였다. 그런데 요새 아가씨들이란…, 아들이 얼굴을 붉히건 말건 똑바로 아들을 바라보며 평천리의 일들에 대해서 이것 저것 묻고 있다. 손으로 턱을 괴고 눈에는 반짝반짝 잔물결이 일고 있다.

▲ 영화에서는 아들이 마을에 온 날 밤 소수민족 돈족의 결혼식 잔치가 있었다. 그 자리에서 즐기는 아들과 아가씨



인생의 음미, 책 이야기

이 길을 오가는 우편집배원은 이 아가씨의 매력에서 헤어날 수 없을 것이다. 그것은 좋은 일일까. 좋은 일이다. 아아, 그러나 우편집배원과 결혼한 여성은 엄청난 고생을 하지 않는가. 그렇다 해도 집배원도 결혼하지 않을 수는 없다. 에라, 모르겠다. 아이들에게는 아이들의 행복이 있다.

다음날 아침, 가장 잘 어울리는 붉은 옷을 입은 아가씨가 전송하겠다고 우기고 따라나섰다. 젊은이들은 아직도 못다한 이야기가 있는 모양이어서 노인은 뒤에 좀 처져서 혼자 걸었다.

오늘의 행정 35킬로에서 그들의 앞길을 막아서는 호랑이 같은 난소(難所)는 9개의 계류였다. 봄, 여름에는 물이 계곡에 가득 차고 조금만 큰비가 와도 수량이 1미터가 넘게 되어 소용돌이치기 때문에 다리를 놓을 수도 없었다. 산 마을 사람들은 수량이 불어날 때에는 돌아가면 되지만 우편집배원이 그럴 수는 없었다. 조금도 주저하지 않고 양말을 벗고 바지를 말아 올리고 물 속에 들어가야 한다. 혹한의 때이건 급류이건 건너야 한다. 때로는 바지를 벗고 우편물 자루를 머리에 이고 건너야 했다. 노인의 무릎 관절염은 오랜 세월에 걸친 이런 무리가 쌓여서 생긴 것일 게다.

평천리에는 큰 시내가 있었고 아들은 물 속의 왕이었다. 그렇다 해도 아들이 이 시내의 이끼 낀 활석 위를 아무 탈 없이 건널 수 있다고 장담할 수는 없었다. 그는 아들에게 시내를 건너는 장소며, 여러 가지 상황에서의 시냇물의 깊이를 가르쳐준

▲ 영화에서 개는 셰퍼드와 중국 개의 잡종이다.

다. 어깨 위에는 40킬로의 짐이 있다. 애들 장난이 아닌 것이다. 아들은 그 굵고 든든한 다리로 천천히 시내를 건너고 건너편의 깨끗한 풀밭 위에 우편물 자루를 놓고 나서는 아버지를 업고 가기 위해서 시내를 다시 건너왔다.

아까 개는 시내를 건너려고 하지 않았다. 개는 지금까지는 아버지와 항상 함께 강을 건넜다. 그 몸으로 필사적으로 물의 흐름을 막아, 날로 여위어가고 쇠약해가는 노인의 다리에 주는 급류의 충격을 될 수 있는 대로 줄이려 했다. 노인이 양말을 벗지 않았기 때문에 개는 놀라는 것 같았다. 청년은 약간 허리를 굽히고 양손을 뒤에 돌렸다. 아버지는 다리를 좀 구부리고 양팔로 아들의 목을 감고 가슴과 배를 아들의 따뜻하고 두툼한 등에 바짝 붙였다. 힘찬 아들의 양손이 단단히 노인의 두 무릎을 받쳤다. 개는 좋아서 꿍꿍거리면서 물 속에 뜨는 자기 몸을 아들의 다리에 가까이 대고 힘껏 물살을 막으려고 했다.

아버지의 기억으로는 오직 한 번 아들을 업은 적이 있다. 지국장이 사흘간 집에 돌아가라고 명했을 때의 일이다. 그때는



인생의 음미, 책 이야기

어린 아들과 사흘간 마음껏 놀 수 있었다. 아내는 아들 하나와 딸 둘을 낳았다. 아들이 태어났을 때도 그는 집에 없어서 아내는 그에게 붉은 계란(아들을 낳은 3일 후 아는 사람들에게 돌린다)을 보내왔다. 말하자면 남편을 남들처럼 취급한 것이다. 아들의 첫 돌 잔치는 성대했다고 한다. 아들은 4대 독자였으니 보물 같았고 그래서 상당한 요리와 술로 마을 사람들을 대접했다는 것이다. 그러나 그때도 그는 개를 데리고 산을 돌아다니고 있었다. 우체국에 돌아와 보니 홍소육(紅燒肉)과 고량주가 배달되어 있어서 그는 동료들과 아들의 돌날 잔치를 치렀다.

지국장이 사흘간의 휴가를 주었을 때, 그는 폭죽을 사고 초롱을 샀다. 산에 가서 참대를 잘라다가 꽃불총도 만들어주자, 아이는 아주 좋아할 것이다. 사흘간 그는 하루 종일 아들을 목말태우고 놀았다. 내리겠다고 해도 내려놓지 않았다. 평소 못한 것을 메우려고 하듯이.

지금 아들의 등에 업혀 그는 아버지라는 존재가 얻을 수 있는 행복을 누리고 있다. 아아, 몇 십 년간 오직 혼자서 산을 다니며 고독과 적막, 노고와 피로와 개와 우편 자루와 함께 살아왔으나 그 고통은 이 순간 모두 어떤 감미로운 감각 속에 녹아드는 것 같다. 그의 눈에는 눈물이 고였다.

시내를 다 건너자 개는 노인에게 짖어댔다. 왜 그렇게 멍해 있지요, 아직 할 일이 있잖아요 하듯이. 그렇다. 잊어버릴 뻔했다. 노인과 개는 곧 숲속에 달려들어갔다. 개는 풀을 물고 왔



산의 우편집배원과 개 이야기

다. 아들이 성냥을 그어 모닥불을 피우자 개는 또 마른 나뭇가지를 끌고 왔다. 아버지는 차가운 물에 벌겋게 된 아들의 다리를 녹여주었다. 개는 좀 떨어져서 몸을 털고 털 사이의 물방울을 날려보냈다. 그리고 불 곁에 와서 몸을 녹이면서 다정하게 위로하듯이 젊은이의 손등을 핥아주었다. 이 사람은 이미 수상쩍은 사람이 아니라 좋은 사람이다. 이 사람은 주인어른을 업고 강을 건너준 것이다. 개는 아들에게 감사하고 있었다.

산의 우편집배원은 교대 근무에 의한 휴일이란 없고 그저 일요일에 쉴 뿐이었다. 아들과 산을 돌고 온 다음날이 일요일이었다. 오늘은 햇볕이 따스한 날이어서 아버지와 아들은 뒤뜰 채소밭에 의자를 가지고 나와서 앉았다. 개는 곁에 엎드려서 발로 나비와 장난치고 있었다.

아버지는 아들에게 하고 싶은 말은 사흘 동안에 모두 한 것 같았다. 그러나 오늘도 말을 그만두지 않았다. 되풀이하는 군소리일지도 모르나 아들이 귀찮아하는 눈치는 보이지 않았다.

다음에는 아들이 말했다. 아버지는 이제 평천리에 돌아가 자기를 교대하려하고 있다. 수십 년간 밖에 나와 일했으니 평천리의 모든 일은 생소하고 모든 것을 처음부터 다시 하지 않으면 안 된다. 가면 우선 경(更) 아저씨를 찾아가 주어야겠다. 어려운 시기에 기름이니 식료품이니 얼마나 빌려주셨는지 모른다, 그런데 절대 갚게 해주시려 하지 않는다. 이 말에 아버지는 "그래, 좋은 분이군, 인사도 좀 해야지." 하니까 아들은 인사는 중요하지 않다. 체면을 존중하는 사람이니까 아버지가 찾아가는 것이 중요하다. 뭐가 그렇게 잘났는지 찾아오지도 않는다고 투덜거리시니 꼭 찾아가서 머리를 숙여주셔야겠다.

또 대대장은 좀 곤란한 사람이니까 그의 기분을 건드려서는 안 된다, 불쾌한 일이 있어도 꾹 참아야 한다, 화학 비료며 종자며 농약이며 모두 그 친구에게 달라고 해야 하니까 그 친구의 체면을 깎으면 곤란해진다. 아버지는 아들의 말에 이유도 없이 불만을 나타내는 것처럼 중얼거렸지만 아들은 그런 건 개의치 않고 어디까지나 부탁한다는 태도이다.

아들은 아버지에게 일가 4명이 네 군데 논을 맡아서 농사를 짓고 있으나 논일은 친구들에게 맡겼다 하고 아버지에게서 논일은 하지 않겠다, 물에 들어가지 않겠다는 약속을 받아냈다. 아버지의 관절염을 걱정해서였다. 그리고 어머니는 한 번 각혈을 한 일도 있고 겨울에는 천식 때문에 고생하신다. 그런데 약도 드시려하지 않고 진찰도 받으려고 안 하신다. 그러니 집에 돌아가시면 현성(縣城)의 병원에 모시고 가달라고 했다. 아버지는 고개를 끄덕였다.

아버지는 애틋한 마음으로 조숙한 아들을 보았다. 아들은 가정의 짐을 지고 소처럼 묵묵히 일하고 아버지를 집안일에서 해방시켜주고 고된 일을 하는 어머니를 위해서 고생을 나누어 해왔다. 그래서 상급 학교의 진학도 단념했고 보통 외아들처럼 응석을 부려본 적도 없다. 아버지는 아들에게 감사의 말을 하



산의 우편집배원과 개 이야기

고 싶었다. 그러나 아무 말도 못했다. 곱게 장식한 말은 한 평
생 입 밖에 내 본적이 없었다.

다음날 새벽, 낡고 짧은 돌다리가 있는 곳에서 아들은 우편
물 자루를 멘 채 발걸음을 멈추고 움직이지 않았다. 여기까지
따라온 아버지가 산모퉁이의 우체국에 돌아가는 것을 볼 때까
지 여기에서 바라보기로 마음먹었다. 안개가 짙지 않고 시냇물
의 반사광 때문에 아버지는 아들의 표정에 나타난 결심을 확실
히 보았다. 그래서 아버지는 이제 더 가지 않기로 했다.

"조심해서 어서 가거라."

아들은 고개를 끄덕이고 울 것 같은 표정으로 코를 훌쩍였
다. 그러나 아직 움직이지 않는다. 그래서 아버지가 돌아섰다.
개는 어떻게 되었지. 다리 한가운데서 개는 어쩔 줄 몰라 낑낑
거리고 있다. 아버지는 돌아가서 몸을 웅크리고 개의 목을 안
았다. 그리고 어린 아이를 타이르듯 말했다.

"가라. 쟤하고 같이 가는 거다. 쟤에게는 네가 필요해. 강을
건널 때에 네가 필요해. 초원을 갈 때엔 네가 앞장서야 돼. 그
러지 않으면 쟤는 길을 잃을 것이다. 네가 없으면 길에 나오는
뱀을 처치할 수가 없어. 게다가 산에 사는 사람들은 네 짖는 소
리를 듣고 싶어한다. 네가 없으면 안돼. 알았어? 그래, 그래…"

멍멍 개가 당황해하듯 짖었다. 싫다는 말이냐. 노인과 함께
돌아가고 싶다는 건가.

"자, 가라, 어서" 노인은 큰소리로 말했다.

노인은 뒤돌아서 곧바로 돌아갔다. 개는 잠시 머뭇거리더니 역시 노인을 따라가서 노인의 주위를 돌면서 꿍꿍거렸다. 노인은 갑자기 참대 막대기를 주워들고 개의 엉덩이를 때렸다. 깽, 깽, 개는 아픈 듯이 다리 쪽으로 달려갔다. 막대기를 맑은 시냇물 속에 던지자 노인은 목이 메어왔다. 그때 뭔가 뜨거운 것이 무릎에 닿는 것을 느꼈다. 개였다. 개가 그의 무릎을 핥고 있었다. 노인은 다시 몸을 숙이고 호주머니에서 손수건을 끄집어내어 개의 눈물을 닦아주었다. 그리고 가만히 중얼거리듯이 말했다.

"가거라."

하나의 갈색의 화살이 초록색 꿈속으로 날아갔다.



산의 우편집배원과 개 이야기

# 폭풍우 속을 난 기러기들

『대륙의 딸들』, 장융 지음, 박국용 옮김, 금토 刊

세상에는 밤잠을 잊게 하는 책들이 있다. 이 『대륙의 딸들』도 분명히 그런 책들 중의 하나이다. 처음 읽은 것은 3년 전이었고, 지난 며칠간 재독해보아도 처음 읽을 때의 그 충격과 감동은 그대로였다.

▲ 저자 장융

이 작품의 원제는 『Wild Swans』인데, 이 말은 '야생의 백조'라기보다는 작품 속의 주요 인물들의 이름에 홍(鴻) 자가 들어있는 점으로 보아, 우리말로는 큰 기러기를 뜻하는 것 같다. 그리고 여기서의 큰 기러기들은 이 작품의 부제인 '중국의 세 딸들', 즉 저자의 외할머니, 어머니 그리고 저자를 가리킨다. 그들은 모두 아름답고 총명하며 강인한 생명력으로 격동의 20세기 중국을 살아왔다. 그 여인들과 가족들의 이야기가 잘 쓰인 소설처럼 흥미진진하게 읽히며, 정확한 세부 묘사에 의해서 주요 인물들은 거의 모두가 강한 리얼리티를 가지고 있다.

　　1924년 저자의 외할머니 유팡(玉芳)은 15세에 북경북양군벌정부의 경시총감이었던 수(薛) 장군의 첩이 된다. 시골 파출소의 경찰관이었던 그녀의 아버지가 자기 출세를 위해서 장군에게 딸을 바쳤던 것이다. 장군과 함께 지낸 것은 일주일밖에 되지 않았지만 외할머니는 임신하고 딸을 낳게 된다. 이것이 어머니 더훙(德鴻)이다. 1933년에 장군이 사망하자 모녀는 강제로 본가에 불려가 살게 되고 아이는 본처에게 빼앗긴다. 이때 외할머니는 그 집에서 살게 되면 앞으로 본처와 다른 첩들에게서 천대와 박해를 받을 것이 뻔했으므로 그 집에서 도망친다.
　　봉건적인 남존여비 사상에 기인하는 중국 여성들의 수난과 희생은 위에서 말한 축첩제도뿐만 아니라 작품의 첫머리에 나오는 전족을 시행하는 장면의 묘사에도 나타난다. 전족이란 단지 발을 천으로 싸매는 것이 아니고, 발등에 무거운 돌을 얹어 뼈를 부수는 처참한 것이다. 외할머니가 어릴 때 전족을 당하는 장면은 그야말로 소름이 끼친다.
　　외할머니는 그 후 샤(夏) 선생이라는 40세나 연상의 홀아비와


폭풍우 속을 난 기러기들

사랑하게 된다. 그는 한방의로서 성공한, 인자한 인물이었다. 그러나 유산을 차지하지 못할까 두려워한 샤 선생의 자식들이 가문의 체면이나 전통 따위를 들먹이며 두 사람의 결혼에 맹렬하게 반대하고 끝내는 장남이 자살하기에 이르자 샤 선생은 집을 나오고 두 사람은 강가 오두막집에서 신혼생활을 시작한다. 처음에는 가난을 면치 못하는 생활이었으나 샤 선생이 병을 잘 고친다는 소문이 퍼지게 되자 점차 수입도 늘고, 두 사람은 사랑이 넘치는 행복한 날을 보낼 수 있게 된다. 어느 날 샤 선생이 떡을 선물로 사다준 일을 어머니는 50년이 지난 지금도 잊을 수 없다고 하는데 바로 그날은 샤 선생이 집을 나온 후 처음으로 왕진 요청을 받은 날이었다.

1945년 일본이 패망한 후 구 만주국은 붕괴되고 점차 국민당과 공산당의 내전이 격화되어갔다. 국민당 간부들의 부패에 반감을 품고 있던 어머니는 공산당의 지하운동에 가담하며 입당할 결심을 한다. 1947년 공산당은 전략적 요충지인 진저우(錦州)의 공방전에 승리함으로써 새 시대의 막을 연다. 이 무렵 어머니는 공산당의 투사 장유(張愚)를 만나게 되는데, 그는 옌안(延安)으로의 대장정에도 참가한 모범적인 당원이었으며, 그의 용감성과 명석한 두뇌는 당원들 사이에 잘 알려져 있었다. 그와 총명하고 행동력이 있는 미모의 어머니는 곧 사랑에 빠지고 결혼하게 된다. 그러나 어머니는, 교양이 없고 인습에 젖어있는 여성연맹의 여인들의 시샘과 증오의 대상이 되었기에 결국 두

사람은 아버지의 고향인
쓰촨성(四川省) 이빈(宜賓)
으로 떠나가게 된다. 이
여행은 1,600킬로의 대
장정이었다. 정식 당원
인 아버지는 지프차를
타고 가지만 어머니는
염천 하에 산과 골짜기,
강물 속, 벼랑 끝을 도

▲ 저자의 어머니와 아버지

보로 행군해야만 했다. 아버지는 "당의 방침이니까 결국 그것
이 당신을 위한 것이오." 하면서 전혀 도와주려고도 않는다. 어
머니는 임신한 사실도 모른 채 첫 아이를 길에서 유산한다. 남
편의 이 지나친 당에 대한 충성심, 규칙의 엄수 등은 남편의
사랑을 기대하는 신부에게는 너무나 섭섭하고 또 화가 나는 일
이었다.

　그 후 어머니의 일이 걱정되어 외할머니가 진저우에서 이빈
까지 2개월 이상이나 걸려 찾아왔지만, 아버지는 다시 그 지나
친 결벽증을 나타내 보인다. 외할머니는 두 번째로 임신한 딸
에게 맛있는 것을 사주려고 가지고 온 보석을 조금씩 팔기 시
작했고, 이것이 일부 사람들의 비난을 받게 되자 아버지는 어
머니를 부르주아적이다, 자기만 편하게 살려고 한다, 외할머니
가 곁에 있으면 재교육도 되지 않는다 했고 또 외할머니를 부



폭풍우 속을 난 기러기들

양가족이 되게 하는 것은 국가에 부담을 안기는 것이라고 했다. 이렇게 매정한 언동을 서슴지 않으니 결국 외할머니도 이빈을 떠날 수밖에 없게 된다.

1949년 12월에 이빈에 돌아온 이후 아버지는 이빈 현장(縣長 : 현은 성의 아래의 행정 단위)의 중책을 맡고 있었고 어머니는 당의 선전부에서 활동하고 있었다. 1950년에 장녀 샤오홍(小鴻)이 탄생한다. 반가운 것은 1951년 8월에 외할머니와 샤 선생이 고된 여행 끝에 이빈에 와서 살게 된 것이었다. 그 다음 해에 저자인 어홍(二鴻)이 탄생, 이 이름을 지어주신 후 샤 선생은 세상을 떠난다.

중국은 한국전의 참전(국가 예산의 반을 전비로 사용)으로 붕괴된 경제를 다시 일으켜야 할 난제를 안고 있었으며, 관리들의 부패도 다시 고개를 들게 되어 부패, 낭비, 관료주의를 추방하는 '삼반운동'이 시작되었다. 1954년 저자의 가족은 청두(成都)에 이주한다. 그 다음 해엔 '은장혁명분자(隱藏革命分子)'의 적발 운동

▲ 저자를 안고 있는 할머니, 어머니는 동생 샤오헤를 안고 있다. 서있는 사람들은 다른 형제들이다.



인생의 음미, 책 이야기

이라는 것이 시작되어 많은 국민들은 '과거'에 대해서 조사를 받는다. 지난날 국민당의 사람들과도 친하게 지난 일이 있는 어머니는 이 조사에 걸려서 격리심사를 받게 되고 1년 반이 지난 후에야 결백을 인정받는다. 이 무렵 외할머니도 청두에 옮겨오게 되어 부모가 직장에 나가기 때문에 뿔뿔이 흩어져 보육 시설에 맡겨진 아이들을 돌보는 일을 맡는다. 외할머니는 '무슨 부모가 이 모양이냐'하고 못마땅해 했다.

그 후 모택동은 농업을 집단화하고 공업, 상업도 모두 국유화하는 정책을 시행한다. 재산이나 토지는 몰수되고 사회 전체가 사회주의를 향해서 나아간다. 그리고 그의 철의 지배에 의해서 중국 사회도 어느 정도 안정을 찾게 된다.

그러나 그 후에 시행한 정책으로 말미암아 모는 사악하고 교활하며 또 무능한 인물임이 드러난다. 첫 번째는 '백화제방 운동'인데, 그것은 겉으로는 예술, 과학, 문학의 각 분야에서 지식인의 자유로운 활동이나 발언을 권장한다는 것이었지만 그 숨은 목적은 '인사출동(引蛇出洞, 뱀을 굴에서 끌어내는 것)', 즉 모와 그의 정책을 반대하는 자들을 색출해내는 것이었다. 그래서 그의 술수에 넘어가 당을 비판한 많은 지식인들이 체포되어 노동수용소에 보내어져 비참한 운명을 맞게 된다.

다음은 엄청난 비극을 불러온 '대약진'이다. 경제에 대해서 무지하면서도 모는 '철이 모든 것에 우선한다'하고 1957년에 연간 생산 5백 35만 톤이었던 철강 생산을 다음 해에는 천 70


폭풍우 속을 난 기러기들

만 톤으로 배증하도록 지시했다. 전국의 각 직장마다 책임량이 부과되고 사람들은 이 책임량을 달성하기 위해서 직장의 일에서는 손을 놓고 철을 찾는 일에만 광분했다. 모두가 고개를 숙이고 땅바닥에 쇠붙이가 버려져 있지 않나 찾고 집안에 있는 요리용 냄비도 모두 용광로에 던져 넣었다. 농민들은 이제 농사일은 그만두고 용광로의 불을 살려놓는 일에만 골몰하고, 산림의 나무들을 남벌하다보니 산은 민둥산이 되고 말았다. 또 그해 여름 전국에서 인민공사가 조직되면서 관리들은 상부에 생산량을 부풀려 보고하고, 인민공사에 소속한 농민들은 일하든 말든 수입은 같으니 아무도 열심히 일하려 하지 않았다. 그 결과 1960년에는 파멸적인 대기근이 찾아오고 수백만 명이 아사했다(후의 추정치는 3천만).

1962년 초 공산당 간부 7천 명이 모인 회의에서 모택동은 "기근은 7부가 천채(天災), 3부가 인재였다."고 말했다. 그러자 유소기(劉小奇) 국가 주석이 "아니요, 천재 3부, 인재 7부요."라고 반박했다. 회의에 참석했던 아버지는 집에 돌아와서 어머니에게 "유소기 동지는 앞으로 어려움을 겪게될 거요."라고 말했다. 40을 지난 아버지는 대기근 이후 가정 생활을 소중히 알고 가족간에는 애정이 넘쳐 있었다.

1960년대 중기에 이르자 당은 현 상황은 자본주의의 길을 가는 실권파에 의해서 수정주의로 변질되기 직전에 있다는 인식에 이르고 이들 주자파(자본주의로 달려가는 자라는 뜻)를 일소하

204

고 수정주의를 방지한다는 목적으로 프롤레타리아 문화대혁명을 발동시켰다. 그러나 유소기 국가 주석 등 실권파 관료들이 미온적인 태도를 보이자 이 운동은 좀처럼 불이 붙지 않았다. 그러자 모는 임표 국방 장관과 결탁하여 군을 자기편에 끌어들이고 사상 문제에 민감한 대학이나 고교, 중학의 학생들로 홍위병을 조직하고 실권파 비판에 나서게 한다. 모의 이 문화혁명이라는 것의 숨은 목적은 대약진 등의 실정에 의해서 자기의 권력이 유소기나 등소평에게 넘어갔다고 생각하고 그들을 숙청하여 권력을 되찾으려는 것이었다. 그리고 모는 아직도 자기를 위대한 인물로 알고 무조건 추종하는 철없는 아이들을 부추겨 정적들을 매장하려 했던 것이다.

이 작품의 거의 반을 차지하는 문화혁명의 기록을 읽고 갖게 되는 생각은 오만하고 위선적이며, 또 어리석은 주제에 자신을 위대하다고 생각하며 또 권력에 대해서는 편집광적으로 집착하는 인물이 국민에 대한 생살여탈권을 쥐게 될 때 그 국민은 얼마나 불행한 처지에 놓이게 되는가 하는 것과, 또 속에 든 것이 없는 아이들이 설익은 정의감이니 애국심을 휘두르며 날뛸때 얼마나 비극적인 상황이 벌어질 수 있는가 하는 점이다.

문화혁명을 시작하면서 모는 인간성 속에 도사린 시기심, 복수심, 잔인성 등 악하고 추악한 면들을 최대한으로 이용한다. 학교는 수업을 전폐하고 홍위병들은 평소에 원한을 품고 있던 교사들을 끌어내서 무릎을 꿇게 하고 구타하고 욕설을 퍼부었


폭풍우 속을 난 기러기들

다. 홍위병 이후에 등장하는 조반파가 하는 짓도 이와 다를 바
가 없었다. 모가 말하는 주자파라는 것은 그 개념 자체가 모호
했으니 누가 주자파로 잡혀가서 박해를 당할지 모르는 일이었
다. 쓰촨성 선전부 부부장이었던 아버지와 청두(成都) 동성구의
선전부장이었던 어머니도 공격 대상이 되었다. 1967년 8월 26
일 청두대학의 학생 집회에 참석한 아버지는 깃발을 흔들어대
며, 마이크를 빼앗고 난동을 부리는 학생들에게 "당신들도 학
생이오? 불량배들이 아니오? 좀 도리에 맞는 말을 하시오." 하
고 맞섰다. 이 집회 이후 장유는 '가장 강경한 주자파요, 문화
대혁명에 철저히 저항하는 고집쟁이'라고 쓴 거대한 대자보가
나붙더니 아버지는 마침내 '보호한다'는 구실로 구금된다. 그러
자 어머니는 아버지의 편지를 가지고 북경에 가서 도주(陶鑄)
부총리를 만나서 아버지의 무고함을 설명하고 석방을 간청한다.
어머니의 진정을 받아들인 도주는 당내의 전달 루트가 제대로
기능하고 있지 않다는 점을 감안해서 직접 어머니에게 편지를
써주었고 어머니는 이 편지를 현명하게 이용하여 아버지를 석
방시키는 일에 성공한다.

　한편 이때까지만 해도 모의 사상과 정책에 대해서 의심을 품
지 않았던 저자는 홍위병이 되어 많은 홍위병들이 그러는 것처
럼 동료들과 함께 북경에 가서 1개월 이상이나 기다린 끝에 마
침내 어느 날 홍위병을 격려한다고 천안문광장을 차를 타고 지
나가는 주석 님의 등을 멀리서 잠깐 바라보는 감격(?)을 맛본다.



인생의 음미, 책 이야기

청두에 돌아온 그녀는 그 후에 벌어진 어리석고도 야만적인 조반파들의 행동을 보고 68년 말에는 홍위병 같은 건 이제 그만두기로 한다.

다음에는 어머니에게 폭도들이 달려들었다. 그들은 전에 거리의 작은 공장에서 일하던 노동자들로 절도, 강간, 마약 밀매 등으로 경찰에 체포된 전과자들이었다. 어머니에게 원한이 있었던 것은 아니었고 그들은 높은 사람이면 아무에게라도 분풀이를 하려고 들었다. 어머니는 청두 동성구의 지도자의 한 사람이었으니 그들의 분풀이의 대상으로 부족함이 없었던 것이다.

비투(批鬪) 대회에 끌려간 어머니는 어느 날 고통 때문에 얼굴을 찡그리면서 귀가했다. 비투에서 유리 파편 위에 무릎을 꿇고 앉았다고 했다. 외할머니가 실밥 뽑기와 바늘로 밤늦게까지 어머니의 무릎에서 유리 파편을 뽑아냈다. 또 그 후에도 어머니는 몇 번이나 비투에 끌려나가서 흰 원추형 종이 고깔을 쓰고 이름 위에 가위표를 한 무거운 플래카드를 목에 걸고 거리를 행진하면서 몇 발짝 걷고는 무릎을 꿇고 이마를 땅에 치는 절을 구경꾼들에게 했다.

아버지에 대한 박해도 여전했다. 전에 아버지가 일하던 선전부는 쓰촨성 정부 내에서도 가장 중요한 부서였기에 지금이 출세의 호기라고 날뛰는 야심가들이 많았다. 특히 아버지 밑에서 일하던 쇼 여사라는 여인이 가장 과격하고 호전적인 조반파가 되었다. 어느 날 그녀가 이끄는 조반파의 일파가(조반파들도 분열



폭풍우 속을 난 기러기들

되어 격렬한 파벌싸움을 하고 있었다) 저자의 집에 몰려와서 아버지의 서재의 문을 열었다. 그리고 반동서적을 가지고 있다고 욕을 했다. 10대의 어린 홍위병들이 전국의 서적을 태워버리는 무도한 짓을 하고 있었기에 대부분의 사람들은 이미 책을 불에 태워 없애버렸다. 쇼 여사는 책장에 있는 책들을 가리키면서 "우리 홍위병을 우습게 보지 말아. 여기도 저기도 독초뿐이구먼." 하면서 중국 고전문학의 책들을 끄집어냈다. 아버지는 "우리 홍위병이라니 그건 무슨 뜻이오. 당신은 홍위병의 어머니뻘 되는 나이가 아니오. 철이 좀 드시오." 하고 대들었고 그러자 그녀는 아버지의 뺨을 때렸다. 이날 그들은 가지고 온 마대에 책들을 넣고 "내일 너의 비투대회를 연다. 그리고 선전부의 안뜰에서 이 책들을 태운다."고 했고, 남은 책들은 집에서 소각하라고 명령했다. 그날 저자가 귀가해서 보니 아버지는 부엌에서 불을 피우고 그 불 속에 책을 던져넣고 있었다. 그때 저자는 태어나서 처음 아버지가 우는 것을 보았다.

1957년에 들어서도 부모님에 대한 박해는 계속되었다. 저자의 가족들이 청두로 이주한 직후 이빈의 지배자는 남편은 당위원회 서기이고 아내는 당위원회 책임자의 자리에 있던 팅 부부였다. 둘이 모두 이름속에 팅(挺) 자가 들어있어서 사람들은 그들을 두 팅이라고 불렀다. 팅 부인은 보디가드였던 청년을 유혹하려고 어느 날 배가 아프다 하고 자기 배를 마사지시키면서 그의 손을 은밀한 곳으로 유도했다. 그러자 청년은 반사적으로


인생의 음미, 책 이야기

손을 빼면서 방을 나가 버렸다. 그 후 팅 부인은 이 청년이 자기를 강간하려 했다고 고발하고 청년은 3년간이나 노동 캠프에 보내어졌다.

이런 식으로 팅 부부는 간계(奸計)에 의해서 수십 명을 실각시킨 악당들이었다. 1962년 온건파들이 중앙정부의 실권을 잡은 후 팅 부부의 소행에 대한 조사가 시작되고 그들의 많은 '권력남용'의 사례들이 밝혀지면서 그들은 구속된다. 그러나 문화혁명이 시작되자 팅 부부는 구금되어있던 곳에서 교묘히 탈출하여 북경으로 가서 중앙문화소조에 자기들은 '계급 투쟁의 선두에 서서 싸운 영웅이고 그것 때문에 낡은 세력의 박해를 당하고 있다'고 호소했다. 문혁소조의 유력자였던 진백달이 이들을 강청(江淸)에게 소개했고 강청은 이 두 악당을 보자 자기와 동류의 인간임을 본능적으로 알았다. 복수심이 강하고 자기의 적은 집요하게 또 잔인하게 공격한다는 점에서 이들은 같았다. 1967년 3월 모택동은 팅 부부를 복권시키고 쓰촨성 혁명위원회 설립의 임무를 명한다고 하는 문서에 서명했다.

쓰촨성에 돌아온 그들은 쓰촨성혁명위 준비위원회를 발족시켰는데 4인의 구성 멤버 중의 한자리인 '혁명 간부'의 몫에는 정직하고 공정해서 인망이 있었던 아버지를 앉히려고 했다. 그래서 어느 날 그들은 저자의 집에 찾아왔다. 아버지는 그들에 대한 혐오의 감정을 표정에 나타내지 않으려고 애쓰면서 그들의 제의를 거절했다. 그러자 팅 부인이 화를 내면서 "이건 당신을 생각해서 제의하는 것이오. 당신은 지금 자기의 처지를 알고나 있어요?"라고 했고, 또 모택동이 자기들을 '호간부(好幹部)'라고 했다 하며 모 주석의 말은 일구(一句)가 일만구에 상당한다고 한 임표의 말도 들먹였다. 그러자 아버지는 "일구로 일만구를 말한다는 것은 인간의 힘으로는 불가능해요. 임표 부총수의 말은 하나의 수사요, 문자 그대로 해석할 것이 아니요."라고 반박한다. 이 밖에, 이때 아버지가 모에 대해서 한 말은 아주 위험천만한 것으로 후에 팅 부부가 아버지를 핍박하는데 유용하게 써먹을 수 있는 것이었다.

팅 부부가 돌아가자 아버지는 모택동에게 보내는 편지를 썼다. 그 편지에서 아버지는 문화혁명으로 중국이 얼마나 심각한 상황을 맞고 있는가를 말하고 팅 부부 같은 인간들에게 수 백만의 인민의 운명을 좌우할 수 있는 권력을 주게 된다면 당이나 국가에 최악의 사태를 초래할 것이라고 했다.

아버지는 우체국에 가서 직원에게 그 편지를 항공편으로 보내달라면서 맡겼다. 그 직원은 수취인의 이름을 흘깃 보았으나 무표정했다.

3일 후 조반파의 경찰관들이 집에 와 아버지를 연행해갔다. 그들은 모에게 보내는 편지에 대해서는 아무 말도 하지 않았으나 아버지는 편지가 압수당했다고 생각했다. 어머니는 곧 주은래 수상에게 진정하기 위해서 북경으로 가는 기차를 탔다. 그리고 북경에 오자 인민대회당에서 주를 만나 탄원서를 직접 전했다. 주은래는 그것을 읽어보고 뒤에 있는 보좌관에게 뭔가 낮은 소리로 말했다. 보좌관이 '국무원(내각)'이라 인쇄된 종이를 가지고 오자 그것에 아버지를 두둔하는 내용의 각서를 써 주었다. 어머니는 크게 안도했다. 그리고 주은래가 어머니에게 써준 각서에는 수취인이 지정되어 있지 않았는데, 그것은 어머니가 누구든 힘이 될 것으로 믿는 사람에게 보일 수 있게 하려는 배려였다. 청두에 돌아온 어머니는 이빈에 있을 때 같은 직장에 있었던 동료에게 주수상의 각서를 보였다. 이 사람은 팅 부부와도 우호적인 관계를 유지하고 있었다. 어머니는 제발 아버지가 석방되도록 힘써달라고 간청했다.

4월에 아버지는 집에 돌아왔다. 그러나 아버지는 미쳐있었다. 그 무렵 쓰촨의학원은 조반파 중의 '홍성파'가 장악하고 있었는데 이 홍성파는 아버지를 돕는 것이 자기들에게 유리하다고 생각하고 이 의학원의 정신병원에 아버지를 입원시켜주었다. 그리고 유능한 청년 의사의 치료 덕분에 아버지는 40일 후 완쾌해서 퇴원한다.

팅 부부의 집요한 박해는 그 후에도 끝날 줄 몰라서 이번에는 어머니를 구금하고 어머니가 10대에 진저우에 있을 때 국민당 스파이였다는 것을 자백하라고 고문을 가한다. 이 무렵 아버지는 히말라야 산기슭 미이(米易)에 있는 간교(간부 학교의 약자, 실제는 노동 캠프)에 보내어진다. 떠나기 전에 아버지는 어머니와의 면회를 신청하나 그것이 각하되자 매일 길거리에 나가서,


폭풍우 속을 난 기러기들

가끔 딴 곳의 식당으로 가는 구금자들의 행렬 속에서 어머니의 모습을 찾았다. 마침내 어느 날 10명 정도의 행렬 속에 계급의 적에게 붙이는 말 '우귀사신(牛鬼蛇神 : 계급의 적을 이렇게 불렀다)'이라고 쓴 완장을 두른 어머니가 있었다. 가족들이 와 있지 않나 하고 두리번거리던 어머니의 눈이 아버지의 모습을 잡았다. 두 사람의 입술이 떨렸으나 한 마디도 할 수가 없었다. "머리 숙여!" 하고 간수가 어머니에게 고함을 지를 때까지 두 사람은 서로 바라만 보고 있었다. 그 후 어머니도 아버지가 간 미이(米易)에 가까운 서창(西昌)의 간교에 보내어진다.

1969년 저자는 닝난(寧南)에 하방(下放)된다. 비위생적인 생활, 매일 거름을 지고 가서 밭에 뿌리는 중노동, 체력이 약한 그녀는 곧 병에 걸리고 청두에 돌아오게 된다. 고생 끝에 호적도 청두에 옮길 수 있게 되었다. 청두에 거주할 자격도 얻게 된 것이다. 이 무렵(1968년) 외할머니가 사망한다. 북경에서는 유소기가 큰 고통을 받으면서 사망한다. 그때까지 강청은, 살아있는 표적이 되게 하기 위해서 그의 생명을 연장시키라는 명령을 내렸던 것이다. 그 후 저자는 더양(德陽)의 인민공사에 들어가게 되었고 맨발의 의사를 두라는 당의 지시에 의해서 의사가 된다. 모택동은 "의술을 배울 필요가 없다. 환자를 진료하면서 배우라."고 했다. 저자가 읽은 의학 서적이라고는 『적각의생수책(赤脚醫生手冊)』이라는, 맨발의 의사 편람이라고나 할 매뉴얼 한 권밖에 없었다. 1971년 팅 부부는 그들의 정치적 배경인 진백달의 실각과 더불어 파면된다.

어머니가 간 시창 간교에는 전기도 들어오지 않았고 판자집 몇 채 밖에는 없었으니, 오두막 숙소를 새로 지어야 했다. 낮에는 30도를 넘고 밤에는 0도가 되는 그 벽지에서 어머니는 제일 고된 중노동을 해야만 했다. 권력 투쟁에 져서 이곳에 온 조반파들도 자기들이 꾸민 일들이 모두 수포로 돌아가고 청두에 돌아가도 권력을 잡을 가망도 없어지자 비투대회를 열 기력도 없어지고 오히려 어머니에게서 위로를 받는 처지가 되었다.

아버지가 간 미이의 간교는 아직도 분위기가 험악해서 아버지는 하루의 노동이 끝난 후에도 비투대회에 끌려나가 박해를 받았다. 다른 노동 캠프에서와 마찬가지로 이곳에서도 폭력으로 살해당한 사람들과 자살자들이 꼬리를 물었다.

아버지와 어머니는 멀리 떨어져 있지는 않았으나 만나는 것은 허락되지 않았다. 저자의 형제들은 모두 교대해가면서 부모의 간교를 찾아갔고 가족의 유대는 강화되었다.

저자는 세 번을 찾아갔고 한 번 찾아갈 때마다 2, 3개월씩 그곳에 머물렀다. 이렇게 자식들이 찾아오는 사람은 없었으므로 모두가 부러워한다고 아버지는 말했다. 어릴 때 아버지에게 자주 매를 맞았던 샤오헤(小黑)도 이제는 아버지에게 애정을 품게 되었다. 아버지는 지난날 너무 엄하게 굴었구나 하면서 샤오헤의 머리를 쓰다듬으면서 사과하기도 했다. 또 아버지는 외할머니가 만주에서 딸을 만나기 위해서 생명을 걸고 찾아왔을 때 1

213

개월도 못되어서 쫓아버린 일, 당신 어머니에게도 효도하지 못한 일 등을 후회하고 있었다. 오랜 세월 잔인한 폭행과 가혹한 노동, 또 정신적인 고통 속에서 살다보니 아버지는 많은 병을 얻게 되어, 50세밖에 안 되었는데 70세 노인같이 보였다. 간교를 찾은 남동생 진밍(京明)에게 그는 "나는 어려운 소년 시대를 보냈다. 평등한 사회를 만들고 싶어서 공산당에 들어가서 전력을 다했다. 그런데 그것이 다 무엇이었던 말인가.", "내가 이대로 죽는다면 이제 공산당을 믿는 일은 없다." 하고 말했다.

저자는 그 후 운 좋게 더양을 떠나게 되고 청두의 한 공장에서 전기공으로 일하게 된다. 1971년 어머니는 자궁 출혈이 악화되어 청두에 돌아왔고 그 후 평반(平反 : 명예회복)이 이루어졌다. 다음 해에는 아버지도 돌아왔으나 평반은 없었다. 그리고 3년 후 1975년에 아버지는 54세를 일기로 세상을 떠났다.

1973년 여름 청두(成都) 제2공업국에는 쓰촨대학 외문계(외국어학부)의 정원 중 1명이 할당되었다. 제2공업국 관할하에는 23개의 공장이 있었고 그 공장에서 한 사람씩 대표가 나와서 시험을 치게 되어 있었다. 이 시험에 응시하게 된 저자는 영어의 구술시험에서는 청두 전체에서 최고점을 얻는 등 우수한 성적을 올렸다. 그 후 학과 성적보다 정치표현이라고 하는 사상성이 중요시되어야 한다는 강청과 그 일파의 주장 때문에 다소의 곡절은 있었으나 결국 저자는 쓰촨대학에 입학하게 된다. 그러나 대학 생활은 전혀 그녀의 기대에 못 미치는 것이었다. 학생



인생의 음미, 책 이야기

은 공장과 농촌, 군대에서 학습하지 않으면 안 된다는 모택동의 말에 따라서 저자와 학우들은 농촌에 가서 아름다운 과수들로 덮여있는 쓰촨의 기름진 구릉지를 파헤쳐 그야말로 쑥밭으로 만들어버리는 작업을 하게 된다. 또 17일간 군대에 입대해서 포복전진이니 수류탄 투척, 소총 사격 등을 하면서 그것들이 하나도 뜻대로 되지 않아서 좌절감을 맛보게도 된다.

1974년 어느 날 한 친구가 누가 보지 않나 주위를 살피면서 뉴스위크 지를 보여주었다. 한 기사 중의 한 문장이 저자에게 충격을 주었다. "그것은 강청이 모의 눈이요, 귀요, 목소리이다."하는 것이었다. 그때까지는 강청이 하고 있는 짓과 남편인 모택동과는 명백한 연관이 있는지 없는지는 생각하지 않기로 해왔는데 이제 확실히 알게 되었다. 파괴와 박해의 배후에는 모택동이 있었던 것이다. 모가 없었다면 강청과 그 주위의 졸개들은 하루도 지탱할 수 없는 존재들이었던 것이다.

1976년 드디어 모가 사망했다는 소식이 전해졌을 때 저자는 엄청난 행복감을 맛보게 된다. 그러나 몸에 붙은 자기검열기능이 작동하기 시작했다. 주위에서는 통곡의 폭풍우가 휩쓸고 있었다. 그녀도 그 자리에 알맞은 연기를 하지 않으면 안 된다. 응당 품어야 할 적절한 감정이 결여되어 있었는데 그 사실을 숨기기 위해서는 서둘러 앞에 있는 사람의 어깨를 빌어, 얼굴을 파묻어야만 했다. 이때 중국인민은 모택동의 죽음을 진심으로 애도하는 것 같이 보였다. 그러나 그 눈물이 어디까지가 정


폭풍우 속을 난 기러기들

말이었을까. 모두가 연극에 너무 열심이어서 본심과 연극의 구별이 되지 않았다.

1977년 1월 저자의 대학 교육 과정이 끝났다. 대학 졸업자들은 출신 조직에 돌아가야 한다는 모택동의 규칙은 아직도 살아 있었으나 그녀는 돌아가고 싶지 않았다. 공장에 돌아가게 되면 애써 익힌 영어를 쓸 기회를 갖지 못하게 된다. 그녀는 어머니의 조언에 따라 옛날 어머니의 동료였고 저자가 어릴 때 많이 사랑해주던 제2경공업국장을 찾아가서 도움을 청했고, 그는 회의를 소집하고 위원들을 설득해서 제2공업국에서 쓰촨대학에 "장융씨에게는 영어력을 살릴 수 있는 기회가 주어져야 한다고 생각한다"는 정식 서한을 보내주었고, 그래서 저자는 이 대학의 영어 강사로 임명된다.

그 후, 서방세계로의 유학장학금 수혜자를 전국통일시험의 성적에 의해서 선발하기로 했다는 통지가 대학에 왔다. 그리고 북경, 상해, 서안에서 통일시험이 실시된다고 했다. 쓰촨대학에서는 40세 전후의 강사 2명과 저자가 응시자로 선발되었다. 4월, 서안에서 실시된 시험의 응시자들은 22명으로 모두가 중국 서부의 4개 성에서 온 베테랑 강사들이었다. 제3부까지 있었던 시험은 오전 중에 필기시험이 끝나고 오후에는 구술시험이 있었다. 답안지는 봉인되어 북경에 보내졌다. 북경, 상해 시험장에서 회수된 답안지들과 함께 채점하기 위해서였다. 5월말 그녀는 필기시험, 구술시험 모두 발군의 성적이었다는 소식을 비



인생의 음미, 책 이야기

공식적으로 받게 되었고 또 유학하게 되는 나라는 영국이라는 것도 정식 통지가 오기 전에 알게 되었다. 그녀를 잘 알지 못하는 사람들도 그녀의 유학을 진심으로 기뻐해 주었고 축하 편지와 전보도 많이 보내주었다. 1949년 이후 쓰촨대학에서 서방으로 유학하게 된 것은 그녀가 처음이었고, 당시 인구 약 9천만의 쓰촨성 전체에서도 그녀가 제1호 해외 유학생이었다.

❀　　　　　❀　　　　　❀

　이 작품의 가장 특이한 점은 첫째로 정치적 현실이 개인의 생활, 운명에 긴밀하게 얽히는 것과, 때로는 개인의 생활을 철저하게 파괴하는 모습이다. 등장인물들이 역사적 사건에 의해서 생동감을 얻고 있다 한다면 또 그 사건들은 등장인물들로 말미암아 교과서 속의 무미건조함에서 해방되고 있다. 그러므로 이 작품은 근·현대 중국사의 공부에도 큰 도움이 될 것이다.

　둘째로 특이한 점은 그 방대한 정보량이다. 저자의 어머니가 영국에 사는 저자를 찾아왔을 때, 수개월간에 걸쳐 자기가 산 시대, 자기의 어머니(저자의 외할머니)가 산 시대에 대해서 이야기했고 그것을 녹음한 테이프는 60시간의 분량이 되었다. 그리고 그 후 저자는 중국 각지를 방문하며 자료를 모았다고 한다. 모택동 시대의 중국에서는 전국 인민대표대회의 내용에서부터 각지의 일기(日氣)에 이르기까지 거의 모든 정보가 일반 국민들에

217

게는 차단되어 있었다. 그래서 그 시대의 중국의 진실에 대해서 전체적으로 말해줄 수 있는 사람은 별로 없었다. 그러나 저자의 부모는 공산당의 고위 간부였기에 상당히 많은 정보에 접근할 수가 있었다. 또 신변의 위협을 느끼는 일이 많아지면서 정보에 대한 관심이 많아지고 또 정확히, 깊이 있게 정보를 읽는 능력을 키우게도 되었을 것이다.

원서로 5백 페이지가 넘는 이 작품에는 '신(神)은 세부에 존재한다'라는 말 그대로 세부에 많은 진정한 보물들ㅡ귀중한 지식들과 깊이 생각하게 하고 느끼게 하는 점들이 박혀있다. 그러므로 중요한 것은 줄거리를 아는 것이 아니라, 작품을 실제로 읽는 것이다.

1991년 가을에 출판되자 『Wild Swans』는 곧 세계 각국에서 화제가 되었다. 그리고 영국에서 가장 권위 있는 NCR문학상의 논픽션 부문 상을 획득하고 영국 작가협회에서도 논픽션 부문의 연간 최우수상을 받았다. 또 30여 개국에서 번역되고 8백만 부 이상이라는 경이적인 판매 부수를 기록했다. 그러나 중국에서는 아직도 금서가 되어있다. 저자 장융은 그 후 영국인과 결혼하여 현재 영국에 살고 있으며 1990년대 초부터 다음에는 모택동의 상세한 전기를 쓸 계획이라고 말해 왔는데 무슨 까닭인지 그것은 아직도 출간되지 않았다. 그녀가 이 전기를 쓴다면 무척 유익하고 흥미 있는 것이 되리라 믿고 지금도 기대하고 있다.


인생의 음미, 책 이야기

　삼성의 이건희 회장이 사원들에게 이 작품을 필독서로 추천했다고 하는 것도 주목할 만하다. 중국의 문화혁명에 관해서 좀더 자세히 알고 싶은 이들은 『생과 사』(鄭念[Nien Cheng] 저, 박정의 역, 시사영어사)도 기억해두면 좋을 것이다. 이것도 숨쉴 틈을 주지 않는 흥미진진한 논픽션인데, 유감스럽게도 지금은 절판이 되어 큰 도서관에나 가야 찾을 수 있을 것이다.

# 마키아벨리와 체자레 보르지아

『예나 지금이나(Then and Now)』, 서머셋 모옴 저

서머셋 모옴은 한 편의 역사소설밖에 쓰지 않았는데 그것이 바로 『예나 지금이나(Then and Now)』(1946)이다. 주인공은 현재 우리나라에서도 많은 이들의 관심의 대상이 되고 있는 『군주론』의 저자이면서, 마키아벨리즘으로 유명한 니콜라 마키아벨리이다.

이 작품은 그가 체자레 보르지아(일명 일 발렌티노)를 이몰라에 찾아가서 대단히 어려운 외교적인 과업을 수행하는, 그의 공적인 생활을 다룬 부분과, 아름다운 유부녀를 유혹하려는 사적인 생활을 다룬 부분으로 나누어진다. 공적인 생활의 부분에서는 체자레의 인물을 생생하게 부각시킨 점이 재미있으나 바람둥이 마키아벨리의 이야기, 특히 그가 풋내기 청년 피에로에게 당하는 이야기는 모옴 특유의 아이러니가 줄곧 웃음과 놀라움을 자아냄으로써 이 작품을 매우 유쾌한 것으로 만들고 있다. 아마 연파(軟派)의 독자들은 이 작품의 진정한 매력은 이 부분에 있다고 할 것이다. 이 작품에서 마키아벨리의 공적인 생활과 여인을

유혹하려 하는 사적인 생활은 구조상 서로 밀접하게 관련되어 있는 것은 아니므로 여기서는 이 두 부분을 1과 2로 나누어서 보기로 한다. 1이 골치아프다고 생각하는 분은 2만 읽어도 된다.

▲ 마키아벨리(좌)와 체자레 보르지아(우), 동시대의 작가 파오로 조비오의 '위인전' 삽화

1502년 10월 6일 마키아벨리는 친구 비아지오의 조카인 18세의 피에로를 데리고 피렌체시에서 이몰라로 향했다. 마키아벨리는 33세로 피렌체 정청(政廳)의 서기관이었다. 당시 이탈리아의 각 도시는 서로간에 반목이 계속되었고 스페인이나 프랑스의 개입으로 그 외교관계가 대단히 복잡했다.

221

나폴리 왕국의 대부분은 프랑스의 루이 12세의 세력하에 있었다. 또 루이 12세는 밀라노도 그의 지배하에 두었고 베네치아와는 우호관계를 맺고 있었으며 피렌체, 시에나, 보로냐 등의 도시 국가들도 그의 비호를 받게 하고 있었다. 또 그는 교황과도 동맹을 맺고 있었는데 당시의 교황 알렉산데르 6세는 루이 12세가 샤르르 8세의 미망인 안나와 결혼하기 위해서 불임증과 연주창을 앓는 아내를 쫓아내는 일에 특면을 내렸다. 그러자 루이 12세는 그 보답으로 교황의 아들 체자레 보르지아를 발렌티노 공작으로 임명했다. 당시 27세인 체자레는 매우 대담하고 기민한 인물로 로마냐 지방을 평정하고 더 나아가 중부 이탈리아에 왕국을 건설하려 하고 있었다.

그래서 각 도시는 그에게 정복당하지 않기 위한 대책에 부심하고 있었다. 그는 이미 무장한 부하들을 인솔하고 피렌체로 들어와 시민들을 협박해서 3개년 기한부로 자기를 용병대장으로 고용하게 하고 다액의 봉급을 자기와 부하들에게 지불하게 만들었다. 그러나 그 후 피렌체는 더 많은 돈을 루이 12세에게 지불해서 그의 비호를 받기로 하고 체자레와의 협약은 파기하고 봉급의 지불도 정지했다. 그러자 체자레는 몹시 화가 나서 복수를 다짐하기에 이른다.

이 작품의 스토리가 전개되는 해의 6월, 피렌체에 예속하고 있던 도시 아레쪼가 반란을 일으키고 독립을 선언했다. 이 반란의 진압을 위해서 피렌체의 최고 정청은 루이 12세가 약속했


인생의 음미, 책 이야기

던 창기병(槍騎兵) 4백의 원군을 빨리 보내줄 것을 요청하고, 피
렌체 공화도시군도 아레쪼에 급파했으나 이 군대가 도착하기도
전에 아레쪼의 성채는 시민군과 시민군을 돕는 체자레의 장군
들에게 함락되고 말았다. 그러자 체자레는 때를 놓지지 않고
얼마 전에 정복한 우르비노에서 피렌체의 행정회의에 자기와
협의하기 위해서 사절을 보내도록 요구해왔다. 피렌체는 볼테라
주교를 파견하고 그 비서로 마키아벨리를 동행케 했다. 그러나
이때 피렌체의 위기는 곧 해결되었는데 그것은 프랑스의 루이
12세가 자기가 피렌체에 약속한 강력한 원군을 보내왔기 때문
이며 체자레는 이 위협에 굴해서 아레쪼에 있던 자기의 장군들
을 철수시켰던 것이다.

　체자레 휘하의 장군들은 각자가 작은 지방을 영유하고 있어
서 체자레가 목적을 달성하고 난 후에는 지금까지의 그의 영주
들처럼 자기들도 무자비하게 희생되고 말 것을 두려워하고 있
었다. 그들이 입수한 정보에 따르면 체자레는 이미 루이 12세
와 비밀 협정을 맺고 있어서 앞으로 자기가 빼앗으려고 하는
토지의 영유자인 장군들을 공격하게 될 때에는 이 프랑스 왕이
원군을 보내기로 되어 있다는 것이었다. 그래서 장군들은 라
마조네라는 곳에 모여서 자기들의 안전을 위해서 행동할 것을
결의한다. 그러나 체자레는 매우 위험한 인물이니까 당분간은
그와 공공연히 갈라서려는 눈치는 보이지 말고 때가 무르익을
때까지 은밀히 준비하기로 했다. 그들은 피렌체에도 협력을 요

청하는 사절을 보냈다. 체자레의 야심은 그들뿐만이 아니라 피렌체 공화국에도 큰 위협이었으니까.

체자레가 이런 음모를 눈치채지 않을 리가 없었다. 그는 곧 피렌체에 자기가 장악할 수 있는 군대를 정청의 이름으로 자기에게 의탁하고 중립이 아니라 체자레 편이라는 것을 명백히 밝히라고 요구해왔다. 그러나 부하들의 반란으로 지금의 체자레의 입장은 미묘하게 변화해있었다. 또 피렌체로서는 중시할 수밖에 없는 프랑스 왕도 체자레의 원군 요청에 응하고 있지 않았다. 그러니까 피렌체가 체자레의 요청을 받아들여서 동맹관계를 명확히 하는 것은 위험하다. 이런 곤란한 상황때문에 피렌체는 마키아벨리를 이몰라에 보내게 된다. 이때 피렌체로서는 조약 체결의 권한을 가진 대사급의 인물을 보낼 수는 없었다. 그렇다고 해서 체자레의 요구를 무시하고 아무도 보내지 않는다는 것도 위험한 일이었다. 그에게 중립을 눈치 채게 해서는 안 되니까 말이다. 게다가 지금은 태풍의 눈이 되어있는 체자레 주변의 정보는 피렌체로서는 절대 필요한 것이었다.

이몰라에서 마키아벨리가 할 일은 될 수 있는 대로 우물쭈물하면서 시간을 버는 것이었다. 그는 성미가 급한 체자레를 달래면서 알맹이 있는 약속은 하지 않고, 술수에는 술수로, 기만에는 기만으로 맞서야만 했다. 마키아벨리는 이미 우르비노에서 체자레를 처음 만났을 때 그에 관해서 정부에 보내는 보고서에 이렇게 쓰고 있다. "이 군주는 진정으로 훌륭하고 위대한 역량

(비루투우)을 자진 인물입니다. 전쟁에 임해서는 용맹무쌍하고 그의 손에 걸리면 어떠한 난제도 사소한 문제로 바뀌고 맙니다. 영광과 정복을 위해서는 휴식을 모르고 고통도 위험도 마다하지 않으며, 사람들이 그가 어떤 곳을 떠난 것을 채 눈치도 채기 전에 벌써 다른 곳에 가 있습니다."

이몰라의 궁전에서 마키아벨리를 맞은 체자레는 "당신네 도시가 나에 대해서 호의를 갖고 있지 않다는 것은 나도 잘 알고 있소. 당신네들은 교황과 프랑스 왕과 나의 사이를 갈라놓으려고 획책하고 있소. 내가 살인자였더라면 당신네들에게 더 이상 잔인하다 할 수 없을 만큼 벌을 가했을 것이요. 그러니까 당신들은 나를 자기편으로 할 것인가 적으로 할 것인가를 명백히 해주어야겠소." 이렇게 말하고 나서 그는 반역자들에 관해서는 "반역자들을 대하는 데는 배신으로 해야 하오. 국가는 기독교가 가르치는 미덕 따위로는 통치할 수 없소. 나라를 다스리기 위해서는 신중한 사려와 대담성과 결의와 무자비함, 이런 것들이 필요하오."라고 말한다.

이와 같은 체자레의 철학이 그대로 실현된 것이 반란자들을 일망타진한 '마조네의 난'이라는 것이다. 반란자들이 회합한 장소가 그 중의 한 사람, 오르시니의 소유인 마조네 성이었기 때문에 붙여진 이름이었다.

체자레의 특징은 자기 가슴속의 생각이나 의도를 절대로 밝히지 않는 것이었다. 그래서 마키아벨리가 그에게 붙인 별명은



마키아벨리와 체자레 보르지아

'위대한 시침떼기'였다.

처음의 속임수는 이랬다. 체자레는 12월 10일 포를리로 떠나가지만 이때의 그의 의도를 아는 사람은 아무도 없었다. 이때 마키아벨리도 동행했고, 도중에 체제나에서 약 2주간 머문다. 그리고 이곳에서 그는 그렇게도 자기가 의존하고 있던 프랑스 군을 돌아가게 한다. 그 이유도 아는 사람이 없었다. 측근들에게 물어도 자기들의 군주는 워낙 비밀주의니까 알 수 없다고 할 뿐이었다. 프랑스 군에게 물어보아도 아무도 몰랐다. 마키아벨리는 이유는 모르지만 상황이 이렇다고만 정부에 보고한다.

두 번째 수수께끼는 12월 26일 아침 체제나의 거리 광장에 버려진 레미로 데 롤카의 두 쪽난 시체였다. 데 롤카는 체자레의 심복 세 사람 중의 하나요, 체자레의 뜻을 받아서 오랜 세월 무법지대였던 로마냐 지방에 질서를 회복시키는 데 큰 공을 세운 인물이었다. 이것에 대해서도 마키아벨리는 그 이유를 정확히 알 수는 없었으나 이렇게 말하고는 있다.

"이 군주(체자레)는 자기 생각에 따라서 신하를 등용하든가, 파멸시키든가 마음대로 할 수 있다는 것을 나타내고 싶었던 것이 아닐까?" 그리고 10년 후에 쓴 『군주론』에서는 "그리고 지금까지의 엄격한 통치방식 때문에 민중들이 증오심을 품고 있다는 것을 알고 있던 체자레는 민중들로 하여금 이와 같은 증오심을 잊게 하고 민심을 얻으려고 했다. 지금까지의 잔인하다 할 정도의 엄격함은 자기가 아니라 데 롤카의 잔인한 성격에서 나온 것으로 보이게 하려했던 것이다." 이런 해석도 틀린 것은 아니었을 것이다. 그 후 로마냐의 민심이 결정적으로 돌아선 것도 사실이었으니까. 그러나 이것만이 이유라면 반드시 이때에 그것을 결행할 필요는 없었다. 반란자들과 화해하려 하는 그 직전에 이런 피비린내 나는 처형을 감행한다는 것은 불길하고, 반란자들과의 화해의 분위기에 찬물을 끼얹는 것이 된다.

이 처형의 진상은 울바노라는 사람이 쓴, 한 문서에 의해서 알 수 있다. 변장을 하고 화해의 가능성을 타진하러 이몰라에 찾아온 파오로 올시니에게 체자레는 반란자라고 해서 화를 내는 기색을 전혀 보이지 않았다. 그리고 소군주(小君主)들이 반란을 일으킨 책임을 데 롤카에게 돌리는 올시니에게 이렇게 말했다 한다. "머지않아 나도 당신들도 민중들도 만족하는 결과가 될 것이오."

이것을 보면 체자레 군의 정예였던 프랑스 군을 돌려보낸 것은 체자레가 자기는 싸울 의사가 없다는 것을 반란자들에게 전하는 메시지요, 데 롤카의 처형은 반란의 진정한 책임이 그에게 있으니 반란자들은 용서할 것이다 하는 의사를 전하려는 것이었다.

그리고 제3의 속임수는 현장에서 실행되었다. 화해의 기분에 들떠서 달려오는 반란자들의 하나하나와 우정의 회복을 기뻐하는 듯이 포옹한 체자레는 수분 후에는 심복 8명에게 눈짓을 했다. 그러자 반란자들은 바로 그 자리에서 체포되고 주모자들은



마키아벨리와 체자레 보르지아

전원 살해되었다. 그리고 체자레는 마키어벨리에게 "나의 그리고 당신들의 적인 그들을 없애버려서 기쁘오." 이어서 "이탈리아의 재난의 근원을 멸망시킨 것이다."라고 했다. 피렌체에 보내는 보고서에서 마키아벨리는 이 말을 전하면서 저도 모르게 한마디 "저는 감탄하지 않을 수 없었습니다."라고 썼다. 그리고 10년 후 『군주론』 속에서는 다음과 같이 썼던 것이다. "지금까지 어떤 인물 속에, 신이 이탈리아의 죄를 대속하라고 명령한 것처럼 한 줄기의 빛이 비친 적이 있다. 그러나 유감스럽게도 이 인물은 그 활동의 절정기에 운이 그에게서 떠나버렸다."

체자레에게서 운이 떠나기 시작한 것은 마키아벨리가 감탄한 지 8개월 후인 1503년 8월이었다. 로마에서 유행했던 말라리아에 걸린 73세의 교황이 죽고, 체자레도 이 병에 걸리지만 28세의 그를 이 병이 죽게 하지는 못했다. 그러나 이 병은 체자레의 입장을 크게 바꾸어 놓았다. 그는 자기가 신뢰했던 줄리오 2세에게 배반당하고 마치 위험물처럼 스페인에 보내어진다. 그 후 거기서 탈주하는 것에는 성공하지만 나바르의 전투에서 전사한다. 32세를 맞이하기 반년 전인 1507년 3월 11일이었다.

작품의 마지막에서 마키아벨리가 비아지오에게 한 다음의 말은 마키아벨리의 생각을 잘 요약한 것이라고 하겠다.

자네는 체자레 보르지아는 자기가 저지른 죄 값을 받은 것이라고 했지만, 그는 자기의 악행 때문이 아니라 그가 제어할 수 없었



인생의 음미, 책 이야기

던 환경 때문에 쓰러진 것이네. 그가 악인이었다는 것은 패배와는
관계가 없는 우연이었어. 죄악과 비애가 넘치는 이 세상에서 만약
미덕이 악을 이길 수 있다면 그것은 그 미덕 때문에 이긴 것이 아
니라 그것이 더 훌륭한 무기를 가지고 있었기 때문일세. 만약 정
직이 표리부동함을 이길 수 있다고 한다면 그것은 정직했기 때문
에 이긴 것이 아니고 그것이 유능한 지휘관이 이끄는 강한 군대를
가지고 있었기 때문이라네. 선이 악을 이긴다고 한다면 그것도 역
시 선하기 때문이 아니고 많은 돈이 들어있는 지갑을 가졌기 때문
이야. 항상 정의의 편에 선다는 것은 옳은 일이지만 다만 그것과
더불어 힘을 갖고 있지 않으면 아무런 도움도 안 된다는 것을 잊
어버린다면 그것은 미친 짓이지. 우리는 신이 선의의 사람들을 사
랑한다고 믿어야 하겠지만 어리석은 자가 어리석은 짓을 했는데
신이 도와준다는 증거는 전혀 없다네.

❷

이몰라에 도착한 마키아벨리는 체자레를 만난 후 곧 바르톨
로메오라는 시의 유력자를 방문한다. 바르톨로메오는 피렌체에
있는 마키아벨리의 친구 비아지오의 친척이었고 이몰라에 도착
하면 만나달라는 청을 비아지오에게서 받았기 때문이다. 마키아
벨리가 바르톨로메오의 집을 찾아갔을 때 그는 아름다운 그의
아내 아우렐리아를 보자 첫눈에 반해버리고 만다. 그 당시 이
몰라에는 많은 사람들이 몰려와 있어서 숙박할 곳이 마땅치 않
았기 때문에 바르톨로메오가 나서서 자기 옆집에 사는 모나 세
라피나라는 미망인을 설득하여 그 집에 숙소를 정하게 해준다.



마키아벨리와 체자레 보르지아

바르톨로메오의 아내는 남편보다 20세나 연하였다. 그는 아내를 매우 사랑했으나 결혼한 지 3년이 지났는데도 아직 아이를 갖지 못한 것을 안타까워하고 있었다. 마키아벨리는 모나 세라피나를 통해서 여러 가지 정보를 얻게 된다. 즉 재산이나 지위 상속의 문제로 아우렐리아의 어머니는 딸이 아이를 낳지 못하는 것을 걱정하고 있다는 것, 끝내 상속할 자식이 생기지 않으면 재산은, 벌써부터 상속자가 될 꿈을 꾸고 있는 조카가 차지하게 된다는 것, 또 그녀에게는 후라 티모테오라는 고해신부가 있다는 것 등 말이다. 바르톨로메오는 아이를 갖고 싶어 이미 다른 여자들과도 관계해보았으나 언제나 실패했다는 말을 듣자 마키아벨리는 아내가 아니라 남편에게 문제가 있는 것이라고 확신한다. 여기서 그는 하나의 계획을 세우게 된다.

그리고 이제 여성 유혹술의 고전적 수법들이 동원된다. 우선 남편과 친해져서 그 집에 초대되는 기회를 만든다. 만찬에 처음 초대된 날, 그는 아우렐리아가 자기가 선물한 마포(麻布)에 수를 놓고 있는 것을 보고 기뻐한다. 그리고 그의 자랑거리인 미성으로 노래를 부르면서 그녀의 시선과 마주치자 그녀가 눈을 내리뜨는 것을 보고 자기 마음을 알아주었다고 믿는다. 다음에는 바르톨로메오에게 피렌체 시가 다음 해 4순절에 설교할 신부를 구하고 있는데 소개해줄 만한 사람이 없는가 묻고 티모테오 신부를 소개받는다. 그리고 신부를 만찬에 초대하여 맛있는 음식을 대접하고 나서는, 솔직하게 자기가 아우렐리아를 연모하고 있다는 것, 그녀가 아이를 가지게 된다면 그녀와 그녀의 어머니가 육친의 상속인을 얻게 되어 안정된 미래를 가지게되니 이것은 선을 행하는 것이 된다고 설득하고 이미 바르톨로메오에게서(!) 빌린 25 두카토를 신부에게 기증한다고 내놓았다. 탐욕스러운 신부가 이 금화를 보고 마음이 동요하는 것을 보자 그는 재빨리, 바르톨로메오에게 라벤나 근처에 있는 산 비탈레 사원(寺院)에 가서 아이를 낳게 해달라고 기도하면 효험이 있다고 설득해서 하룻밤 집을 비우도록 해달라고 간청한다. 약 10 페이지에 걸쳐 이 바람둥이와 탐욕스러운 신부가 주고받는 수작은 이 작품 속에서 가장 유쾌하고 흥미진진한 부분이다.

다음에 마키아벨리는 신부의 암시에 따라 금요일 고백성사를 위해 교회에 오는 아우렐리아의 어머니를 만나서 자기의 마음을 솔직히 털어놓는다. 한편 바르톨로메오는 마키아벨리와 신부의 권유에 따라 산 비탈레사원이 있는 라벤나로 떠나갔다.

이제 마키아벨리는 모나 카테리나와 의논해서 다음 행동으로 들어간다. 즉 오후 9시가 되면 하숙집 여주인 세라피나는 취침하니까 마키아벨리는 안뜰의 문 앞에 선다. 카테리나는 그를 집안에 맞아들이고 딸과 셋이서 만찬을 든다. 식후 카테리나는 침실에 물러가고 두 남녀만 남게 된다.

약속한 밤 정각 9시가 되었을 때 야속하게도 발렌티노공에게서 사자(使者)가 와서 중요한 용건이 있으니 궁전으로 와달라고 한다. 그는 당황했지만 어쩔 수가 없어서 피렌체에서 데리고



마키아벨리와 체자레 보르지아

온 피에로를 불러 자기 대신 문을 노크하여 모나 카테리나에게 사정을 설명해달라 하고 궁전으로 갔다. 그러나 이날따라 기다리는 시간은 너무나 길었다. 겨우 공을 만나자 공은 피렌체의 자기에 대한 비우호적인 태도를 비난하는 말을 했다. 겨우 이야기가 끝나서 돌아가려 하니까 이번에는 비서장이 체자레와 반란군 사이에 맺은 비밀 협정 서류를 보여주겠다고 해서 어쩔 수 없이 더 지체하면서 그 사본을 만들었다. 그것이 끝난 것은 12시였고 서둘러 돌아와 안뜰의 문을 두드렸지만 아무 대답도 없었다. 추운 밤이라 밖에 더 머물 수가 없어서 자기 방으로 돌아갔다. 다음날 아침 그는 감기에 걸려 고열에 시달리고 있었다. 페에로에게 어젯밤 어디에 있었느냐고 물었더니 온밤 내 가정부 니나와 함께 있었다고 했다. 며칠 지나 병에서 회복되자 마키아벨리는 티모테오 신부와 모나 카테리나를 만나서 다시 계획을 세우자고 제안했으나 그들은 이 핑계 저 핑계로 그의 뜻에 따르려 하지 않았다.

2개월 후 체자레와 반란군간의 협정이 서명되고 12월 10일 체자레는 포룰리로 출발하고 마키아벨리도 함께 수행하게 되었다. 출발할 때 마키아벨리는 바르톨로메오를 찾아가서 전에 차용한 25두카토를 아직 갚지 못해서 미안하다 하고 좀더 기다려달라고 했다. 그러나 바르톨로메오는 뜻밖에 그 돈은 체자레가 마키아벨리를 위해서 지출한 것이라고 했다. 아우렐리아도 만나서 작별 인사를 했지만 마음속으로는 '앞으로 바르톨로메오의



인생의 음미, 책 이야기

조카가 양자로 들어오게 되면 이 여자는 그때가 되어서야 자기가 바보였다는 것을 깨닫게 될 것이다'라고 생각하고 있었다.

시니갈리아에 왔을 때 체자레는 마키아벨리에게 앞으로 이몰라에 남아 자기의 비서장이 되지 않겠느냐고 권유하는 것이었다. 피렌체에 대한 충성을 이유로 그 권유를 마키아벨리가 거절하자 그에게 체자레는 그의 아우렐리아에 대한 집착을 잘 알고 있는 것 같은 말을 자꾸만 하는 것이었다.

그 후 곧 바르톨로메오가 찾아왔는데 그는 마키아벨리를 보자마자 흥분해서 당신은 내 은인이오 라고 하면서 포옹했다. 이유를 물으니 산 비탈레 사원에서의 기도에 하나님이 응답하시어 아우렐리아가 임신했다는 것이었다. 마키아벨리는 아연실색했다.

피렌체에서 마키아벨리의 후임자가 왔다. 그 후임자를 여러 사람에게 소개하느라고 며칠을 보내고 나서 겨우 귀국하게 된 날, 붉은 군복을 입은 피에로가 찾아와서 자기는 체자레의 군대에 들어가게 되어 작별 인사를 하러 왔노라고 했다. 그런데 그때 그는 마키아벨리가 아우렐리아에 선물한 마(麻)에 꼼꼼하게 수놓은 조끼를 입고 있었다. 어떻게 그걸 입게 되었는가 물으니까 가장부 니나에게서 받았다고 했다. 여기서 마키아벨리는 모든 것을 깨닫게 되었다. 공작에게 불려갔던 밤 피에로가 잠자리를 같이한 것은 니나가 아니라 아우렐리아였던 것이다. 그리고 마키아벨리의 동정을 항상 감시하고 있었던 공은 티모테



마키아벨리와 체자레 보르지아

오 신부에게서 그의 아우렐리아에 대한 집착을 듣고 그것을 이용해서 마키아벨리를 이몰라에 잡아두고 자기의 신하가 되게 하려 한 것이다. 체자레에게 불려간 밤에 있었던 일, 즉 9시에 사자가 나타나 궁전에 와달라고 한 일도 우연히 일어난 일은 아니었다. 마키아벨리는 자기가 그동안 많은 사람들에게 우롱당한 것을 알고 자조적인 기분이 되었지만 이 실패한 사랑의 이야기를 소재로 해서 희극을 쓰기로 하고 피렌체로 돌아가는 길에 그 구상에 열중했다. 후에 그는 실제로 『만드라골라』라는 작품을 남기게 된다.

4년이라는 세월이 지나 체자레는 전사하고 이몰라에는 반란이 일어나서 바르톨로메오도 위험한 처지에 놓이게 되었으나 교황 줄리오 2세 편에 붙은 피에로 덕분으로 생명은 건졌다. 그러나 스미르나에 추방되어 곧 죽게 된다. 그가 남긴 재산은 교황의 신임이 두터운 피에로가 관리하게 되고 그 후 곧 그는 아우렐리아와 결혼한다. 친구 비아지오에게서 이 이야기를 들었을 때 마키아벨리는 할 말을 잊었다. 그리고 비아조오가 바르톨로메오가 남긴 자식은 이제 피에로가 맡게 되지만 앞으로 자기 자식이 태어날 때 아이들 사이가 어떨지 걱정이라는 말을 듣자 그는 피에로 녀석이니까 문제 없을 거라고 시무룩하게 말하는 것이었다.

마키아벨리가 유부녀를 유혹하려 한 것에 대해서 시오노 나나미는 『나의 친구 마키아벨리』에 다음과 같이 쓰고 있다.



인생의 음미, 책 이야기

그는 여자에 대해서 상당히 조예가 깊었으며, 더욱이 욕망을 채울 마음만 먹으면 좀처럼 실수하는 일이 없었다. 그렇다고 자기 용모에 대해서 착각을 하고 있는 것은 아니었다. 자기보다 잘생긴 남자도 많고, 재력이나 지위로 보아 훨씬 유리한 사나이들이 많다는 것도 잘 알고 있었다. 그는 자기가 여자의 마음을 끌어당기는 힘이 있다는 확신을 가지고 있었다. 그는 여자를 즐겁게 해줄 수 있었다. 어떻게 하면 좋아하는지 '요령'을 알고 있었다. 어떤 여자거나 자기와 허물없는 사이로 만들어버리는 수를 터득하고 있던 것이다. 그러나 무엇보다도 결정적인 수는 여자를 열망하는 것이었다. 여자들은 그가 자기를 열망하는 것을 확실히 의식함에 따라서 자기들도 달아오르는 것이다.

'여자라는 것은 자기 몸의 모든 신경에 남자의 욕망을 감지하면 그때는 이제 저항할 수 없게 되는 법이야. 그 여자가 홀딱 반한 다른 남자가 있을 때는 다르지만 말이야.' 언젠가 그는 비아지오에게 이렇게 말한 적이 있다. 이건 정말 지당한 말씀이다. 홀딱 반한 다른 남자가 있더라도 마찬가지라고 할 수 있을 만큼 지당한 말씀이다.

마키아벨리도 이렇게 솔직히 끝까지 밀고 나갔더라면 좋았을 것이다. 그런데 '만드라골라' 식의 재주를 부리려고 했다. 그리하여 재주꾼이 자기 꾀에 넘어가는 경우를 그도 따르고 만 것이다. 하기야 핑크 코미디라는 것은 재주꾼이 자기 꾀에 넘어가기 때문에 코미디가 되는 것이기는 하지만.


존경해마지않는 시오노 여사가 위에서 지당한 말씀이다, 지당한 말씀이다 하고 두 번이나 보증하고 있는 점을 주목하자.


마키아벨리와 체자레 보르지아

# 어바웃 계당선생

지은이  박일충

**초판 1쇄 발행**  2004년 4월 30일
**초판 2쇄 발행**  2004년 6월 10일

**펴낸곳**  도서출판 역락
**등록**  1999년 4월 19일 제2-2803호
**펴낸이**  이대현
**편집**  권분옥

**주소**  서울 성동구 성수2가 3동 301-80
**전화**  3409-2058, 2060
**팩스**  3409-2059
e-mail  youkrack@hanmail.net

**값**  9,000원
ISBN  89-5556-286-1-93810

잘못된 책은 바꿔드립니다.